ちみっこ転生幼女の異世界もふもふ付き新生活
～聖女チート&ときどき前世知識で、左遷先の獣人国が気づけば大発展!?～

沙夜

目次

characters
エヴァリーナ
ペットショップ店員だった
前世を持つ転生幼女。
転生先では下級聖女として国に仕える。
もふもふを愛しており、
動物の声が聞こえる特別な力を持つ。

アレクシス

獣人国の騎士隊長を務める赤鳶の獣人。
人質聖女としてやってきた
エヴァリーナのお目付け役となる。
紳士的な性格。

エルネスティ

獣人国の国王。
大らかだが、国王らしい
威厳もある
黒豹の獣人。

ミリア

獣人国にやってきた
エヴァリーナの専属侍女。
黒猫の獣人でエヴァリーナを
妹のように可愛がる。

リクハルド

獣人国の宰相。
知的で理性的な銀狐の獣人。
敵国からやってきたエヴァリーナを
最初は警戒していたが…？

Chimikko tenseiyoujo
& isekai mofumofu

カイ

アレクシスの屋敷で働く狼の獣人。
手先が器用でものづくりのスキルを持つ。
素直じゃないが、根は優しい性格。

プロローグ

ああ、私、死んじゃったんだ。

轢《ひ》かれた衝撃と痛みを感じたのは、ほんの一瞬。

でも仕方ないよね、自分が悪いんだから。

心残りは、あの子たちのこと。

私がいなくなって、悲しい思いをしたり、病気になったりしないかな。

ちゃんとご飯はもらえてるかな。お風呂にも入れてる？

私の代わりに、かわいがってもらえる人のところに行けるといいのだけれど。

考えるのは、そんなこと。

それにしても、死んでからも意識ってちゃんと残っているものなのね。

これからどうなるのかな。だんだん消えてなくなっちゃうのかな。それともお迎えが来たりするのかな。

死んでしまったというのに意外と冷静な自分に、くすりと笑みが零れる。

……あれ？　なにか聞こえる。反射的に目を開くと、視界がぼやけていた。

「――あら、お嬢様がお目覚めになりましたわ」

はっきりと聞こえた、日本語じゃない言語。それなのに、なぜかしっかりと言葉を理解できている。

「ああ、そう。嫌だわ、また泣き声が響くのかしら。私は寝室で休んでいるから、絶対にうるさくさせないでちょうだい」

女の人だよね、綺麗《きれい》な声だけど口調はきつい。ひょっとして、死後の世界の偉い女神様とか？

「か、かしこまりました」

怯《おび》えるような声、こっちは女神様に仕える使者の人とかかな？

下働きも大変よね……と同情すると、不意に声が出た。

「あぅ」

あれ？　なにこの声。

「あっ、あ～」

え、ええ？　〝なにこの声〟って話したつもりなのに、全然違う言葉、いや喃語《なんご》？が出た⁉

「ああお嬢様、お願いですから泣かないでくださいね。奥様は産後でピリピリしていますから、お嬢様がうるさくされると、私どもまで叱られてしまいます」

「あぅあ～」

〝お嬢様〟。なんですかそれ。誰のことですか。

おろおろと話している人の顔も、周りの景色もよく見えないけれど、たぶんこれは私に向かって言われている言葉なのだと思う。

「はぁ……名門・オーガスティン侯爵家のお嬢様とはいえ、まだ生まれて間もない赤ん坊に、泣かせるな、うるさくさせるななんて、無理だわ……」

なんだか色々と驚くような言葉が飛び出した。ひょっとして、赤ん坊って、オーなんとか侯爵家のお嬢様って、私のこと？

「また奥様に平手打ちされるのかしら……嫌だわ」

盛大なため息が聞こえた。

な、なんだかよくわからないけれど、赤ん坊になったらしい私が泣くと、この人が怒られちゃうのね？

見ず知らずの人なのに、私のせいで怒られてしまうなんて、それは申し訳なさすぎる。

「あぅ」

泣かないように気をつけます！　そんな気持ちで声を発する。

「あら、珍しい。今日は目覚めてもお泣きにならないのですね」

「あぅあぅ」

「……返事、してくださいました？　いえ、まさかね。まあいいです、とりあえずもうしばらく泣かずに大人しくしていてくださいね。奥様がお目覚めになるまで、お願いいたします」

赤ん坊にそんなお願いをするなんて、どうやら奥様とやらはずいぶん恐いらしい。……というか、もしかしてその奥様とやらは、私のお母さん、ってことなのかしら。

はて?とよくよく考えてみる。先ほどから聞こえてくる会話の内容、ぼやけた視界、上手く動かない手足と言葉にならない声。

これは、まさか……。

「あぅあぅあぅ、あ?」

生まれ変わったの？　私？

現代日本ではない、異世界に転生したことに気付いたのは、このもう少し後のこと。

ここが死後の世界でもなければ、聞こえた声が女神様や使者のものでもないこともすぐに悟った。

そんな生まれ変わった私が最初に決意したことは……。

「あう、あぅあ～」

とりあえず、泣かないように頑張ろう。

その時は真剣に、そう思ったのだ。

転生後の暮らしは、今のところ穏やかでしゅ

私の名前は、芹沢里奈《せりざわりな》。ペットショップに勤める、平凡な二十五歳の社会人。

人とちょっと違うところといえば、少しばかり動物に懐かれやすいということくらいだろうか。散歩をしている犬に会えば、必ずと言ってもいいほどすり寄ってこられるし、猫カフェに行けば膝の上に猫たちが集まる。

動物の言葉がわかるというわけではないものの、なんとなくこう思っているんじゃないかな？　ということがわかったりもする。

そんな私は小さい頃から動物好きだったのだが、それは両親の影響もあるだろう。ふたりは、とにかくもふもふした動物が好きで、私も幼い頃、よく動物園に連れていってもらった記憶がある。

だから、私は物心がつく頃には自然と、大人になったら動物に関わる仕事がしたいなと思っていた。専門学校で学んだペットのストレスケアなんかの勉強も楽しかったし、必死に勉強してトリマーの資格も取った。

そうして今のペットショップに就職が決まり、さあ夢が叶《かな》うぞ！……っていう時に、私は両親を揃《そろ》って亡くした。

交通事故だった。仲のよかった両親が一緒に車で買い物に出かけた際に、対向車が中央線を無視して両親の車に突っ込んできたらしい。

まるで、世界が止まったみたいだった。もう会えないなんてことが信じられなくて、最初は涙も出なかった。

けれど、棺の中で冷たくなったふたりを見た時は、ああ本当に死んでしまったんだって実感が湧いてきて、私は棺の前で泣き崩れた。

その時のことはもうよく覚えていないけれど、悲しみに暮れる私を慰めてくれたのは、母が独身の時からずっと飼っていた猫のミウだった。

もうおばあちゃんで、一日のほとんどを寝て暮らしていたミウだったが、塞ぎ込む私の側にずっと寄り添ってくれていた。そっと撫《な》でると小さく喉を鳴らして、心配そうに私を見た。

両親の父と母、つまり私の祖父母はその頃もうすでに亡くなっており、兄弟もいない。天涯孤独となってしまった私の、唯一の家族。

私を愛してくれた両親のために、そしてミウのために、ちゃんと生きなくてはいけないと思った。幸い両親が遺してくれた貯金は十分あったし、仕事も決まっている。

もう大人なんだ、自分の足で立って、自分の力で生きなくては。

そう顔を上げた時、にゃぁ、とミウが鳴いた。まるで、頑張れって言ってくれたみたいに。

そうして私は悲しみから立ち上がって、卒業後、予定通りペットショップで働き始めたのだ。

「芹沢さん、ゲージの掃除、よろしく。それ終わったらエサの発注もね」

「あ、はいっ！」

就職して三年、仕事は思っていたよりもハードだったけれど、大好きな動物たちに囲まれて、そのお世話ができるのはすごく楽しい。

おばあちゃんだったミウは、去年、眠るように息を引き取った。まるで、私が仕事に慣れて生活が安定してきたことに安心したように。

最期の鳴き声は、もう大丈夫だねって言っているみたいだった。きっと両親とミウは、天国で一緒に私のことを見守ってくれているはずだって信じて、毎日頑張っている。

「みんなお待たせ。今からお部屋のお掃除するから、ちょっと外で待っててね」

そう一匹一匹に声をかけながら、猫たちが怖がらないようにゲージからそっと出して、共用スペースへと移動させる。

抱き上げると顔を擦りつけてくれる子もいたりして、すごくかわいい。

「はい、お部屋、綺麗になったよ。エサとお水も入れておいたからね。たくさん食べてね」

「にゃぁ」

ゲージに戻す時も、猫たちに声をかけていく。中にはこんな風に、ありがとうって言ってくれているみたいに鳴く子もいて、ひとりで癒されたりなんかもしている。

「芹沢さん！　掃除に時間かけてないで、早く済ませて発注やって！　それが終ったらまだお願いしたいこと、たくさんあるんだからさ」

「あ、すみません」

店長に注意されて、慌ててゲージの鍵をかける。本当に情けないことだが、私は時々同じようなことで注意を受けてしまう。

ペットショップの仕事には色々あるが、動物たちの世話なんて、やろうと思えばいくらでもある。できるだけこの子たちに快適に過ごしてもらいたいと思って頑張っているものの、仕事が遅いのか、話しかける時間が長すぎるのか、ほとんど毎日終業時間を過ぎても終わらない。

まあ、あれもこれもしてあげたい！って思ってしまうのも原因のひとつなんだろうけれど。

店長からは、「残業手当なんて出せないからね。ちゃんと就業時間内に終われるように努力してよ」と言われている。それはそうだ、私が勝手にやっていることも多いのだから、そんなことまで望めない。

ちょっと疲れは溜《た》まっているけれど、まだまだ頑張らないとと思いながら、掃除を終えて事務室へと向かう。

エサの発注かぁ……。

最近なにかと値上がりしているが、動物のエサも例に漏れず、ずいぶん高くなった。経費削減！　節約節約！って店長には言われているけれど、あの子たちにはできるだけ良いものを食べてもらいたいし、難しいところだ。

うんうんと悩みながら事務室のドアノブに手をかけると、中から店長と、先輩の小池《こいけ》さんの声がした。

「芹沢さんが来てくれて、ホント助かってるよな」

ひょっとして私、褒められてる？　普段注意を受けることも多いのに、これはちょっと嬉《うれ》しいかも。

「ははは。店長も人使い荒いなぁ。あの子ひとりで、店長の倍以上働いてますよね？」

「うるせーな、ほっとけ。だってあの子、手当が出なくても勝手に残業して、動物たちの世話してくれてるからさ。ラッキーだろ？」

え。今の会話って……。

「まぁ、そーっすね。仕事も丁寧だし、飲み込みも早い。こんな店長の店じゃなかったら、もっと頼りにされて、もっと評価されてるだろうに。かわいそ」

ははは！と小池さんが笑う。私はそれを聞きながら、呆然《ぼうぜん》と立ち尽くしていた。

「頼りにはしてるぞ？　あの子が世話するようになって、動物たちの毛ツヤも良くなったし、高く売れるようになった。接客態度も愛想も良いから、客も増えた気がするしな。芹沢さん様様だな」

「ま、動物のためって言って、高いエサ買おうとしたり、余計なモン買おうとするのが玉にキズっすけどね。どーせ売られていくんだから、必要最低限でいいのに」

それなー！　と店長が小池さんの発言に同意する。大きな笑い声。

わなわなと唇が震えて、目頭が熱くなる。がくがくする足をなんとか動かして、音を立てないようにそっとその場を離れた。

店内の犬や猫のゲージが並んでいる前まで来て、やっと上手く息が吸えるようになった。それでも心臓はどくどくと早鐘を打っている。

お客様がいなくてよかった。今、笑顔を作れる自信がない。

「今の話、本当なのかな……」

失望と、信じたくない気持ちが入り混じる。こんな時、家族のいない私は、いったい誰に相談したらいいのだろう。

その日、私はどうやって仕事を終えたのかあまりよく覚えていない。店長と小池さんの会話があまりにショックで、よく眠れなかったことだけは確かなのだけれど。


それから数日。私は未だにあの日の会話の真意を、店長にも小池さんにも確かめることはできず、悶々《もんもん》としながら働いていた。

心配そうにゲージの中の子犬たちが私を見つめてくる。

「……ごめんね、エサの時間、遅くなっちゃったね」

くぅんと鳴く子犬の首元を、苦笑いしながら撫でる。

あんな話を聞いても……ううん、あんな話を聞いてしまったからこそ、この子たちの世話を適当にはできない。

あの日以来、それまであまり気にならなかった店長の言葉に、少しずつ引っ掛かりを覚えるようになった。

『たくさん食べると元気になるぞー？　ペットはやっぱり健康なヤツが喜ばれるからな』

『おい、ブラッシングは丁寧にやれよ？　あとトリミングもな。やっぱり見た目は大事だからな！』

お客様に元気な子をお渡ししたい、人間と同じようにケアは丁寧にしてあげたい、そういう意味だと思っていた。でも、その内心はまるで違うのかもしれない。

そう思ってしまったら、心を込めてこの子たちの世話をするのは、私しかいないんじゃないかって不安になった。それで、今まで以上に私は、誰よりも早く出勤して、誰よりも遅くまで動物たちの世話に励んだ。

結局誰にも相談できなくて、自分で抱え込むことしかできなかった。

でも、たしかにここはペットショップ。店長からしたら、お遊びでお店を開いているわけではないのだから、利益とか、そういうものが大事なんだってことはわかる。

わかる、けど。

「でも……。私はやっぱり、この子たちのことを一番に考えたい」

人間の事情なんてなにも知らない、まだ生まれて間もない子猫が私の指をぺろぺろと舐《な》めてきた。

かわいいな。品種も同じだけど、顔つきもミウにちょっと似ている気がする。穏やかな性格だし、きっとすぐに飼い主が見つかるだろう。

綺麗ごとだと言われたら、それまで。店長の考えだって、間違ってはいないと思う。

「それでも、私は……」

にゃぁ、と無邪気に鳴いた子猫を抱き締める。

私くらいは、利益や損得よりも、この子たちのことを一番に考えていたっていいよね？　健やかに過ごせるように環境を整えて、いい飼い主が見つかるように接客も頑張って。

残業手当なんてなくてもいい。この子たちが幸せになれることだけを考えたい。

そう考えて、無理をしたのがいけなかったのだろう。

まさか、あんなことになるなんて。この時の私は、まったく想像もしていなかった。


「芹沢さん、聞いてる？」

小池さんに声をかけられて、はっとする。いけない、疲れからの睡眠不足とはいえ、仕事中なのにぼおっとしてしまった。

「す、すみません！」

「いや、別に俺はいーんだけどさ。それ、ゲージの鍵。見た感じ、かけ忘れてるやつ何個かあるよ」

ええっ！と見返すと、たしかに並んだゲージのいくつかの鍵がかかっていない。

大変だ、逃げちゃった子はいないかしらと思っていると、あのミウに似た子猫がゲージから出てフロアに降りたところが見えた。

「あ、だ、だめよ！」

慌てて捕まえに行こうとしたのだが、子猫はたっと駆け出してしまった。そして子猫が向かった先は、店の自動ドア。タイミングの悪いことに、お客様が来てドアが開いてしまった。

店のすぐ前は車通りの多い大通りだ。道路に飛び出してしまったら、子猫は——。

「だめ！　待って、お願い！」

大声で呼ぶけれど、子猫は止まってくれない。急いでその後を追いかけて店を出た、その時。

道路に飛び出した子猫と、子猫に向かって走ってくる大型トラックが視界に入った。

お願い、間に合って！

私のせい。だから、私はどうなってもいいから。

涙を溜めて、必死に走って手を伸ばす。

プップー！

最期に聞いたのは、クラクションの音とドン！という鈍い音。

小さな柔らかい温もりを胸に閉じ込めながら、ものすごい衝撃を感じた。

それが、最期。胸の中で子猫がもがく感覚がして、安心から涙が頬を伝い、私は空を見上げた。

両親と、ミウと。大好きな人たちの姿が、見えた気がした。

＊　＊　＊

――聖女。

それは、人間族の国の中で、クロヴァーラ国にだけ生まれる、特別な存在。

この世界は主に、人間族、エルフ族、そして獣人族の三つの種族により成り立っている。

精霊の血を受け継ぐエルフ族はその高い魔力から魔法に精通しており、獣人族は動物の血が濃く身体能力が高い。そして人間族はその知力の高さで国を発展させてきた。

そんな人間族の中に、まれに特別な魔力を持った者が現れる。それが、聖女だ。

聖女以外にも多少魔法を使える人間がいることにはいるが、その力は脆弱《ぜいじゃく》。

対して聖女は、魔力の高さ以外にも、〝癒やしの魔法〟という特有の魔法を使うことができる。

それだけでも、聖女の稀少《きしょう》さがわかるというものだろう。

ちなみに聖女の魔力には個人差があり、エルフ族に匹敵するほどの能力の持ち主から、かすり傷程度の治療しか行えない者もいる。

しかし、それでも聖女は人間族にとって非常に貴重な存在であり、国を挙げて守っていくべきであろう。

＊＊＊

『そのため、我が国では、五歳になる子どもすべてに魔力審査を受けさせることを義務としている。魔力のある男児は神官候補に。そして聖女に認定された女児は、すぐに神殿に移り、国の保護下に入る』、か。

読んでいた本をぱたんと閉じる。

五歳まで、あと数カ月。私はそっとため息をついた。

異世界へ転生した私の今の名前は、エヴァリーナ・オーガスティン。人間族の国、クロヴァーラ国のオーガスティン侯爵家の長女だ。

この長ったらしい名前にもやっと慣れたところだが、できるだけ愛称のリーナという名前で呼んでもらうようにしている。前世の里奈という名前に似ているため、呼ばれた時に反応しやすいのだ。

まぁ、私の名前を呼んでくれる人はそう多くないのだけれど。

なぜってそれは、侯爵令嬢にもかかわらず、ほとんどほったらかしにされているからだ。

政略結婚だった両親は、それでよく結婚したねと思うほどに不仲だ。営利主義で仕事人間のお父様に、美しいけれど癇癪《かんしゃく》持ちのお母様。うん、合うはずがないと娘の私も思う。

お母様は義務のように私を産んだものの、男じゃないのかと失望され、以来癇癪が酷くなっているらしい。

酷いよね、元気に生まれたなら、男でも女でもどちらでもいいじゃない。

――という考えは、現代日本のもの。残念ながら、後継者を産むことは貴族の家に嫁いだ妻の責務だという考えが常識のこの世界では、それが当たり前なのだ。

とはいえ、衣食住は確保されているし、貴族令嬢としての教育も年齢に合わせた程度には学ばせてもらっているので、特に不自由はない。むしろ好き勝手にさせてもらった方が気が楽だし、私の両親は前世の両親だけでいいと思っている。

まぁ、普通の幼女なら寂しさのあまり捻くれてしまいそうな家庭環境ではあるけれど。

さすがに転生したばかりの赤ちゃんの時は、色々悩んだ。たぶん助かったであろう、ミウに似た子猫はあの後どうなったのかなとか、ペットショップの他の動物たちは私がいなくても元気に過ごせているだろうかとか。

両親とミウが天国で悲しんでないかなとか、あんな死に方をしてしまって、店長や小池さんに迷惑かけてしまっただろうなとかも思ったけれど、あの人たちはそんなに悲しんでくれないかもなと、ちょっぴり落ち込んだりもした。

そんな時に私を慰めてくれたのは、この家で飼われている、大型犬のオールド・イングリッシュ・シープドッグに似た容貌の、ビアードだ。まるでぬいぐるみのような見た目で、毛がふわっふわのもっふもふだ。

どうやらお父様が、私の相手にと生まれてすぐに連れてきたらしい。いや、新生児に大型犬ってどうなの?と思わなくもなかったが、中身が動物好きな成人の私にはとても嬉しかった。使用人たちによると、こいつに相手でもさせておけ、大きくなれば番犬にでもなるだろうって感じだったらしいけれど。

そんなビアードは、今日も読書をしている私の背もたれよろしく、背後で丸まって寝ている。クッション代わりのようで申し訳ないが、これがものすごく気持ちよくて居心地がいい。もふもふの毛並み、最高。

そのビアードのおかげもあって、私はこの世界で前向きに生きていく決意をした。

いつまでも前世のことを悔いたり悩んだりしても仕方ないもんね。ペットショップの動物たちが良いご主人様に出会えますようにと、その幸せを願いつつ、私もビアードや庭園に遊びに来る小鳥たちと穏やかに暮らしていきたいなと思うようになった。

とはいえ、この世界の知識はちゃんと身につけないとねと、こうして日々本を読んで勉強している、のだが。

「聖女……むーっ」

開いたページに書かれている内容をもう一度眺めて眉を顰《ひそ》める。

なにを隠そう、私には魔力がある。それに気付いたのは、三歳の頃だった。

魔法の存在する世界だと知った時に、もしかして私にも使えるかも⁉とわくわくして使ってみたのだ。もし魔法が使えたら……なんて夢見たことが、誰しも一度や二度はあるのではないだろうか。私だってそうだ。だから本を読んで使い方を学んで、やってみた。それだけのことだ。

使えたとして、まぁちょっとばかり水や火が出せる程度だと思っていた。実際、人間族で魔法が使える人は、その程度の魔力しかない。ちなみに魔法が使えるのは、全体の三～四割くらいの人。

いや、実際、私もそんなたいした魔法は使えなかったのよ？　やったー使えたーまぁこんなものよねーっていう程度。

でも、ある日気付いてしまった。それは、ビアードが足を庭園の石に擦ってしまって擦り傷を作った時だった。痛そう、かわいそう、治してあげられないかなって思って、そっとその足に触れた。その時。

銀色のきらきらした粒子がビアードの足に降り注いで、そこにあったはずの傷が綺麗に消えてしまった。私はさすがに驚いた。その時にはもう、〝癒やしの魔法〟は、聖女特有の魔法だと、本を読んで知っていたから。

まさかと思って、誰も見ていないところで何度か試した。薔薇《ばら》の棘《とげ》でわざと切った指や、転んで擦り剥けた膝に向けて、魔法をかけてみた。――間違いなく、癒やしの魔法だった。

つまり私は、五歳で魔力審査を受けた後、聖女となるらしい。これは貴族令嬢としては誉れ高いことだ。両親も、まぁ、喜ぶかもしれない。

しかしその事実を伝えると、生活が一変してしまうのではないかと危惧した私は、この力のことを隠している。聖女になることは避けられないだろうが、せめてそれまでは静かに暮らしたいと思ったから。

それに、だいたいの子どもが魔力審査の時にその力が判明するらしいから、不自然ではないはず。

魔法は制御するのにある程度精神的に安定していなければならないため、普通幼い子どもには教えない。魔力審査の機会に魔力の有無を知り、聖女や神官候補に認定されたら神殿で丁寧に指導を受ける。そして、選ばれはしなかったものの、魔力があると判断された子どもへの魔法教育は、通常八歳前後かららしい。

こっそりお試しで使ってみた魔法、まさかこんなことになるとは思わなかったが、この際だから、独学で鍛錬しておこうと思うようになった。いざという時に身を守るためにも使えた方がいいと思ったから。

勝手な想像だけれど、貴族の幼い令嬢って、危険なことに巻き込まれる印象がある。正直、私になにかあっても、両親の助けなんてあまり期待できない。自分の身は自分で守らなくては。

そうはいっても、幼いこの体でひとり気を張るのはなかなかに疲れる。聖女になって神殿に入ったら、少しは気にかけてもらえるようになるのだろうか。

もちろんお仕事みたいなものだから、できる限り頑張ろうとは思っている。他の聖女とも仲良くやれるといいな。それに、神官の方たちは優しいかしら。

おそらくだが、聖女らしいとはいえ私の魔力はそこまで高くはない。それならそう目立つこともないだろう。できることを頑張って、穏やかに暮らせたらななんて、淡い期待も抱いている。

「でも、びあーどと離れる、ってことなんでしゅよね」

舌っ足らずの口で、そうひとりごちる。……なにを隠そう、私は転生してこの方、あまり他人と会話をしてこなかった。その弊害だろう、なんとも情けないしゃべり方になってしまった。

異世界チート（たぶん）で、この世界の言葉もわかるし文字も読める。それなのになぜ言葉だけ。

いや、頭の中ではちゃんと発音しているつもりなのよ？　でも、言葉を発するとこうなってしまう。

ま、まぁ特に支障はないからいい。ちょっぴりなけなしのプライドが傷つくだけだもの。まだ四歳だし、そのうちちゃんとしゃべれるようになるはずだ。

そう期待しながら本を閉じると、扉の外から足音が聞こえてきた。

「リーナお嬢様、また図書室《こちら》にいらしたのですね」

「めりぃ、もう時間でしゅか？」

扉が開かれると、思った通りの人物が現れた。乳母のメリィ、転生した時にお母様と一緒に私の側にいた、泣かないでくださいと必死だった女性だ。数少ない、私を名前で呼んでくれる人物でもある。

「はい、家庭教師の先生がそろそろいらっしゃるはずです」

「わかりました。行きましょう」

ビアードを起こさないようにそっと立ち上がる。そのうち起きて、いつものように私の自室に来るだろう。

そうしてメリィとともに廊下を歩いていく。相変わらずここの使用人たちは、私とすれ違っても軽い礼をするくらいで、声をかけてくれることはない。

チヤホヤしてほしいわけではないし、個人的には気楽でいいのだけれど。でもお仕事なのにそれでいいのかしらと思わなくもない。

でもその雇い主である両親が、私に関心を持たないんだもんね。使用人たちの態度を責めることもできない。

大人しくて本ばかり読んでいて、子どもらしさの欠片もない、その上愛想もない変わった子だと思われているだろうし、聖女に選ばれるわけがないと噂《うわさ》されているのも知っている。

しかし、自分で言うのもなんだが、容姿はかなり整っていると思う。性格に難はあれど、お父様もお母様も美形だもの。その娘の私の顔立ちが整っているのは、必然というものだろう。

さらりとした銀髪、淡く光る青い空のような瞳。

転生後、身動きがとれるようになって初めて鏡を見た時は、それは驚いたものだ。そこに映し出された優し気な雰囲気の美少女に、自分のことながら見惚《みと》れてしまった。

いかにも聖女！って感じだと私は思うのだが、子ども特有の愛らしさが足りなかったためか、それとも媚《こ》びても得にならないと思われたのか、両親どころか使用人たちからも遠巻きにされている。

屋敷の中で、唯一親し気に話しかけてくれるのが、このメリィだ。愛情深く、我が子のように……とまではいかないが、普通に雇い主のお嬢様に対する扱いをしてくれている。

「本日は、字を書くお勉強になります。……といいましても、リーナお嬢様はかなりお上手でいらっしゃいますけれど」

それはそうだろう。なにせ中身は大人。それに、毎日のように読書をして過ごしているのだから。

「ありがとうございましゅ。でも、もっとがんばりましゅ」

とりあえずそう答えておく。一応貴族令嬢だし、丁寧な言葉遣いとソツのない受け答えをするのにはずいぶん慣れてきた。

そんな私を見て、メリィは眉を下げて困ったように微笑んだ。こんなに幼いのにいじらしい……とか思われているのかもしれない。

「きっと、お嬢様のその努力が、いつか報われる時がきますわ」

そうだといいな。

そんな気持ちで、私はメリィに笑顔を返すのだった。

ちゅいに聖女認定！　神殿の実態は……？

そうして月日は流れ、ついに私は五歳の誕生日を迎えた。

……といっても、特にお祝いなどはなく、誕生日の日の夕食時、お父様に『魔力審査の日が決まった』とまるで業務連絡のように言われた。

まあ毎年なにかあったことなどないし、淡々と『準備しておきましゅ』と答えたら、眉を顰められた。お父様は、私のこの幼い話し方が嫌いなようで、いつも私が口を開くとこんな顔をする。

ちなみにお母様は終始無言。聖女になんて選ばれるわけないと思っているのだろうし、なんの興味もないのだろう。

最近はお互いに愛人に夢中になっていると、噂好きの侍女がおしゃべりしているのを聞いた。だからって私が傷つくことはないが、侯爵家の未来は大丈夫かしらと、我が家のことながら心配になる。

私が聖女に選ばれたら、家を継ぐ婿を取ることもできなくなるし、この先後継者が生まれるという期待もできない。

離縁して新しい妻を迎える？　それともお父様が愛人に子どもを産ませてその子を迎え入れ

る？

……どちらにしても修羅場間違いなしだ。

支度を整えながらそんなことを考えていると、自室の扉が開かれた。

「そろそろエヴァリーナの支度は終わったかしら？　そんなわけはないと思うけれど、万が一にも聖女に認定される可能性もなくはないからね。侯爵令嬢として恥ずかしくないように、ちゃんと着飾らせてくれたでしょうね？」

「は、はい奥様！　お嬢様のお支度、終わりました！　それはもう、かわいらしく整いました！」

気だるそうに現れたのは、きらびやかに着飾ったお母様だ。相変わらずの美貌だが、相変わらず私への愛情はとんと感じられない。

気性の激しいお母様のお叱りを受けないようにと、メリィがぺこぺこ頭を下げている。かえって不自然な気もするが、メリィの必死さを感じるためなにも言えない。

「ふぅん。まあ、いいんじゃない？　どうせ選ばれないと思うけれど、一応ね」

私を一瞥《いちべつ》して、お母様が頷《うなず》いた。いつもは簡素なドレスを着ている私だが、今日は白を基調とした、レースたっぷりで宝石まであしらわれたドレスに身を包んでいる。

別に「あら、かわいくしてもらったわね〜」なんて言葉を期待していたわけではないけれど、母親にそんな風にそっけなくされたら、普通の五歳児だったらけっこう傷つくと思う。

そう、今日はいよいよ魔力審査の日だ。そして、おそらくもうこの家に帰ってくることはない。

「じゃ、あと三十分後に出発するから。遅れたり、ドレスを汚させたりしないでよ」

「もちろんです奥様！」

メリィの返事に、お母様はふんと鼻を鳴らして退室していった。

あと三十分。メリィとビアードに最後のお別れの挨拶をするなら、今だ。

「まったく……あんなに着飾って、今日の主役は奥様じゃないってのに……」

「めりぃ」

お母様がいなくなって、そうぶつぶつと呟《つぶや》くメリィの名前を呼ぶ。

はい？と首を傾げ、私の身長に合わせて屈んでくれるメリィに、私は笑顔を向けた。

特別かわいがってくれたわけではないが、この屋敷の中で唯一普通に接してくれた人。メリィがいなかったら、きっともっと落ち込むことがあったと思う。

「今まで、ありがとうございました。お母しゃまのお相手は大変でしゅけど、これからもがんばってくだしゃいね」

感謝の気持ちを込めて、ぺこりとお辞儀をする。

そんな私の言動に、メリィは呆気《あっけ》にとられた。

「あ、えと、お嬢様、これで絶対にお別れなわけではなく、もし聖女様に選ばれたらのお話で……」

「知ってましゅ！　でも、いつもおちぇわになっているお礼は言いたくて」

戸惑いながらも、メリィはとんでもありませんと微笑んでくれた。

きっとこれでお別れだと勘違いしているんだな、帰ってきたらまた一緒に過ごせるのに、などと思っているのだろう。でも、これで最後だろうから。

「びあーど、こっちおいで」

隣の部屋で待っていたビアードを呼ぶと、のっそりとその大きな姿を現した。

「あ、お嬢様、ビアードと遊ぶと、ドレスが汚れて……」

「だいじょぶでしゅ。気を付けましゅから」

とててとビアードに駆け寄る。ふわふわの大きな体。いつもこの温かい体温が、私を安心させてくれた。

「びあーど、大好き。これからも元気でいてくだしゃいね。ずっと、あなたのこと、忘れましぇん」

自然と目に涙が溜まる。ビアードは賢いし、けっこう使用人たちにかわいがられているから、私がいなくなっても大丈夫。番犬として活躍してくれるだろう。

『リーナも、元気でね。僕も、君のことが大好きだよ』

きゅっとビアードを抱き締める私のうしろで、微笑ましく思ったのだろう、メリィがくすりと笑みを零す声が聞こえた。

ビアードやメリィとの別れを済ませた私は、両親とともに神殿へとやってきた。

本で読んだのだが、魔力審査は特別な水晶に触れることで行われるらしい。魔力があると、水晶が光る。その魔力が高ければ高いほど、光が強くなる。

そして聖女特有の魔力を持っていれば、金色に光るのだという。

ちなみに、女児は聖女と認定されたら有無を言わせずそのまま神殿入りとなるのだが、男児は違う。神官候補に選ばれるほどの高い魔力を持っていても、神殿入りするかどうか選ぶことができる。

まあ男児は家を継ぐ問題があるからね。だからけっこう高位貴族は拒否することも多いんだって。神官候補に選ばれたという事実だけで、その子の評価は爆上がりするらしい。

現代日本なら性差別と言われそうだなぁと思いながら、馬車を降りて両親とともに神殿内へと歩き出す。

両親と並んで歩くのなんて、初めてじゃない?と思っていると、周囲からの視線に気がついた。

両親に向けられているのだろうと思っていたのだが、なにやら私が見られているような気がする。

「あなた、顔は整ってるものね。聖女に選ばれることはないでしょうけれど、これから立派な方と結婚できるように、今から愛想を振りまいておくことね」

なんと、本当に私が見られていたらしい。元々美少女だと思っていたけれど、今日は特別におめかししてもらったし、人目を惹《ひ》くようだ。

するとそんなお母様の言葉を聞いて、お父様がちっと舌打ちをした。

「下品な発言はするな。エヴァリーナの相手は、侯爵家の品位を損ねない、言うことをよく聞く、侯爵家に相応しい男を私が選ぶ」

「私が侯爵家に相応しくないとでも言いたげね？　まったく、こんな失礼な男じゃないことを祈るわ」

……急に小声で口喧嘩《くちげんか》が始まってしまった。しかしふたりとも顔には表れていない。すごい、あの癇癪持ちのお母様にもそんな芸当ができたのね。

素直に感心してしまったが、本当に仲が悪いなとため息をつきたくなる。

やれやれと呆《あき》れながら足を進めていくと、大きな扉の前に来た。どうやらこの先が、魔力審査を行う水晶の間のようだ。

神官たちの手によって開かれた扉の向こうに足を踏み入れると、なんだか不思議な空気を感じた。

「上級聖女の結界だな。さすがの魔力だ」

お父様がぼそりと呟いた。どうやら水晶の盗難や破壊が行われないよう、上級の聖女が結界を張っているらしい。

お父様は神官候補に選ばれた経験があるほどの魔力を持っているため、結界に気付いたようだ。ちなみにほとんど魔力のないお母様は、「そう？　そんなの感じないけれど」と興味なさげだ。

そうして指定された座席に並んで座ると、しばらくして壮年の神官が現れ、挨拶を始めた。どうやら始まるらしい。

名前を呼ばれた順に前の舞台上にある水晶のところへ歩いていき、審査を受けるのか。うわ、だいたいの結果を知っているとはいえ、やっぱりちょっとドキドキする。

「エヴァリーナ、転んだりしないでよ。恥をかくのは私たちなのだから」

そこへお母様が小声でちくりと刺してきた。それにはお父様も同じ考えなのか、黙って頷いている。

はいはい、わかってますよ。そんな時だけ意見を一致させないでよね。

「続いて、エヴァリーナ・オーガスティン侯爵令嬢」

再びため息をつきたくなっていると、ついに私の名前が呼ばれた。

「はい」

返事をして立ち上がる。うしろから転ぶなよ！という痛い視線を受けながら、壇上へと上っていく。

これが水晶。間近で見ても、とても綺麗だ。

転ぶことなく水晶の前に到着すると、まずその美しさに目を奪われた。

透明な球体の中に、きらきらした星のようなものが散りばめられているように見える。

「どうぞ、手を」

神官に促されて、私はそっと右手を上げた。

聖女に選ばれるのは、一年間でひとりかふたり。まさかそのひとりが私だなんて、誰も思わないよね。

苦笑しながら水晶にそっと触れる。——ああ、やっぱり。

目の前の水晶は、淡い光を帯びていた。——そう、金色に。

「おめでとうございます。オーガスティン侯爵令嬢、聖女様として神殿で丁重にお預かりさせていただきます」

側にいた神官の声に、周囲から驚きと羨望の声が上がる。

両親は——、信じられないという表情だ。

こうして私は、正式に聖女の認定を受け、神殿で暮らすことになったのだった。

審査の後そのまま神殿で暮らすことになって、早半年。

「エヴァリーナ、遅い！　包帯作り、もっと急いで！」

「しゅ、しゅみません！」

先輩聖女からの叱責を受けて、私は包帯作りの手を早める。こうした雑用は、私たち下級聖女の仕事だ。

現在、神殿には約百人の聖女が暮らしている。聖女は五歳で選ばれてから、だいたい五十歳くらいまでこの神殿で暮らすんだって。

ちなみに神殿に入った後は、実家とは完全に切り離される。つまり、侯爵令嬢という身分は捨てたも同然。完全に実力主義の世界となる。

聖女はその魔力で三つの階級に分けられる。断ち切られた腕などの重傷や命に関わるような重病者も治す、エルフ族に匹敵するほどの高い魔力を持っているのが上級。ある程度の傷や病を治したりその他の属性魔法もそつなく使えるのが中級。そして軽い怪我や腰痛、肩こり程度しか治せないのが下級。

たいした魔力はないだろうとの自分の見立て通り、私は下級聖女の判定を受けた。

聖女はその癒やしの魔法で国の人々を救うのが仕事だから、怪我の治療に使うものの作成も行っているのだが、これがなかなかに忙しい。包帯に癒やしの魔法を付与して、使いやすい大きさ・長さに切りそろえたり、魔物討伐や戦場で使うポーションを作成したり、街の治療院に赴いたり。最近は孤児院に慰問にも行っている。

まぁ私はまだ五歳ということで、こうして神殿でできる簡単なお仕事を任されることがほとんどなのだが。

「エヴァリーナ様、休憩の後はポーション作りですからね。その後は魔石作りも。まだまだやることはたくさんありますから、時間通りに戻ってきてくださいよ」

「はい。神官しゃまも、おつかれしゃまです」

仕事のキリがよいところで休憩時間となり、ひとり裏庭に出る。この裏庭は小さな森のようになっており、小鳥たちやリスなどの小動物もよく遊びに来てくれるため、お気に入りの場所だ。

ビアードやメリィは元気にしているかしら。

木陰に腰かけて、青い空をぼおっと見上げる。するとすぐに、ピチチとさえずりながら小鳥たちが飛んできた。

「こんにちは。ふふ、今日も素敵な歌声でしゅね」

肩や膝の上に止まる小鳥たちと話していると、疲れもすっと消えていく。今まで一日のほとんどを読書や勉強で過ごしていたからあまり思わなかったが、幼いこの体は、思っていたよりも疲れやすい。

いや、今までが運動不足すぎたせいかもしれないけれど。とにかく、こうして働いていると、夜も夕食を終えるとすぐに眠くなってしまう。

同じ下級聖女のお姉さんたちに比べたら労働時間は短いのだが、それでも毎日クタクタだ。

ふうっと息をつく。ああ、本当にこの時間は心が落ち着く。

あの日、癒やしの魔法が使えることを知ってから、もし聖女に選ばれたら、できる限りのことは頑張ろうと思っていた。

だって、ずっと誰にも干渉されずに自由に屋敷で過ごせるわけじゃない。貴族令嬢なんて、政略結婚が当たり前の世界だ。魔力審査の日にお父様が言っていたように、もし聖女でなかったら侯爵家に都合の良い男性と結婚させられて、私自身も都合のよいように扱われるのだろう。

それよりは、中身は大人なのだから、働く方が自分に合っていると思った。まぁ五歳で労働なんて、前世の常識では考えられないことだけれど。

実際に聖女に選ばれてからもその気持ちは変わっていない。ただ、このままでいいのかなという気持ちも、心のどこかにはある。

そう思うようになったのは、先日勉強のためにと、街の治療院に初めて同行させてもらった時だ。

治療院には、下級聖女しか派遣されない。なぜなら、治療院にやってくるのは平民だけだから。

ただの腰痛や肩こり、あと軽い怪我くらいならたしかに治せる。でも、病気からくる痛みや、進行が進んだ病は治せない。街の人たちもそれを知っているはずなのだが、それでも私たちにすがってくる。

その気持ちを聞くと、苦しくなる。助けてあげたいのに、私には力がない。それが、こんなにも辛いことだなんて、初めて知った。

上級聖女はもちろん、もしかしたら中級聖女にも治せるかもしれない。でも、彼女たちが治療院に派遣されることはない。

彼女たちの癒やしの力は、大金を積まないと施してもらえないのだと、一緒に治療院に赴いたラナさんという二十歳くらいの聖女が教えてくれた。

現在神殿に暮らしている約百人のうち、中級聖女は八人。上級聖女なんて、たったのふたりしかいない。

つまり、彼女たちはかなり稀少な存在なのだ。

私たちとは違うのだと、ラナさんは自嘲気味に笑った。

その笑みが、悲しくて。

もっと鍛錬すれば、治療院で治せなかった人たちの怪我や病気の苦しみを、少しは和らげることができるだろうか。

成長すれば、もっと体力がついてたくさんの人を癒やせるようになるだろうか。

そんなことばかり考えるようになった。

私はなんて無力なんだろう。そう落ち込むことも、時々ある。

ふうっとため息をつく。すると、肩に乗っていた小鳥がちょんと嘴《くちばし》で私の頬をつついた。

「だいじょぶでしゅ。ちょっと疲れただけでしゅから」

心配してくれた小鳥の頭を指で優しく撫でると、膝の上にいた小鳥たちも僕も私もとせがんできた。

「なでなで。みんな、ありがとうございましゅ」

小鳥たちの気持ちが嬉しくて、少しだけ気持ちが浮上していく。

うん、これでこの後の仕事も頑張れそうだ。

もう少しこの子たちの毛並みを堪能したら仕事に戻ろうと思っていると、キキッ！と奥からリスが走ってきた。そしてそのうしろから、ウサギたちがなにかを引っ張ってくるのが見える。

「え？　あれって……」

ずるずると引きずられてきたのは――鳥？

「え、あ、怪我してるんでしゅか!?」

必死に私に助けを乞うリスの姿に、慌ててウサギたちの元へと駆け寄る。

やっぱり、鳥だ。猛禽類《もうきんるい》かな、鷹《たか》とか鷲《わし》とか、そんな感じ。体も大きいし、爪も鋭い。

かろうじて息はしているものの、ぐったりとしており、腹部からは血が流れている。

『リーナ、この子、僕たちの家の近くに突然落ちてきたの』

『お、重かった……！　リーナ、おねがい、治してあげて！』

ウサギたちの声に耳を傾ける。――そう、私には、動物と会話ができる特別な力がある。

見た感じ、矢がかすったような傷だ。そこまで傷は深くなさそうだが、こんなにぐったりしているのは、高いところから落ちてしまったからかもしれない。

「だいじょぶでしゅか？　私の声、聞こえてましゅか？」

とりあえず意識があるのか確認しておく。私の力で治せるのは、軽傷程度。意識のない重傷レベルなら、救えない可能性が高い。

『う……きこ、える。くっ、はら、が……』

息も絶え絶えという感じではあるが、呼びかけには反応してくれた。やはり腹部の傷が痛むようだ。

私程度の力で綺麗に傷を治せるかはわからないが、せめて少しだけでも痛みを和らげてあげたい。

ぐっと右手を握りしめる。どうか、この子を助けられますように。

腹部に手をかざし、掌に魔力を集中させる。

お願い、そう祈りを込めて。

……あれ？　なんだかいつもよりも掌が熱い？

それに、癒やしの魔法を使う時特有のきらきらした銀色の光も、普段より密度が濃いような……。

「ひ、〝治療《ひーる》〟」

そんな違和感を感じながらも呪文を唱える。すると、大型の鳥の腹部の傷が、みるみるうちに塞がっていく。

「な、治った……！」

『すごーいリーナ！　もう血、出てないよ！』

傷口がすっかりなくなり、それまでぐったりとしていた鳥が、ぴくりと羽を動かした。

「だいじょぶでしゅか？　動けましゅ？」

『これは……傷が、治った？』

大型の鳥は、驚きながら羽をバサバサと動かしたり、ぐっと丸まって傷のあった腹部を嘴《くちばし》でつついたりしている。

そんな仕草が、なんだかかわいい。見た目はどちらかというとかっこいいという表現の方が正しいと思うのだが、どうして⁉　なんで⁉という表情をしている。

「驚きました？　私、こんなちびっこでしゅけど、一応聖女なんでしゅ」

『ああ、驚いた！　噂には聞いていたが、聖女の癒やしの魔法はすごいのだな……って』

少し興奮気味だった大型の鳥が、はたと我に返る。

『……ひょっとして、言葉が？』

『そうだよー！　リーナに会えてラッキーだったね、君』

『元気になってよかったねー！』

私が答える前に、リスやウサギたちがそう返事をした。

「私、動物と話せる特技があるんでしゅ。でも本当によかったでしゅ」

元気そうな姿に、ほっとする。

治せるだろうかと心配だったが、どうやら傷はそれほど酷いものではなかったらしい。

『すまない、助かった。命を助けられたこと、一生忘れない。この恩は、必ず返す』

おお、なんて男前な発言。よく見るととても凛々《りり》しい表情をしているし、鳥界ではさぞモテることだろう。

前世でも、イケメンゴリラとかいたよね。そんな感じ。

そんなきらきらした視線を送っていると、大型の鳥が戸惑いからか首を捻った。

いけない、そんな話をしても通じないよね。

「でも、たいした怪我じゃなくてよかったでしゅ。私の力は、しょんなにつぉくないので」

〝しょんなにつぉく〟ってなんだ。相変わらずの舌っ足らずに、我ながらがくりと肩を落とした。ん？　なにか忘れ……あ。

『たいした？　いや、あの傷は……』

「ああっ！」

大型の鳥がなにか言おうとしたのを遮るように、私は叫んだ。休憩時間がもう終わろうとしていることに気付いたのだ。

「ご、ごめんなしゃい。私、もう行かなきゃ！」

あわあわとスカートの裾を払い、立ち上がる。遅れないようにと言われたのに……！

「みんな、またね！　あと鳥しゃんも、気を付けて帰ってくだしゃいね！」

そう動物たちに手を振りながら、ばたばたと慌ただしく建物の方へと走る。

まずいまずい、また神官や他の聖女たちに怒られてしまう！

そう焦りながら、運動不足の幼い体にムチを打って全速力で走るのだった。

＊　＊　＊

『リーナ、いっちゃったね』

『まぁ僕たちはまた明日も会えるし。ね、君、リーナに治してもらったから体は大丈夫だろうけど、帰れそう？　道、わかる？』

仕事へと戻っていくエヴァリーナを見送り、裏庭の動物たちは大型の鳥――鳶《とび》にそう尋ねた。

しかし鳶は、じっとエヴァリーナを見つめたままだ。

『どうしたの？　リーナの魔法が気になったの？』

首を傾げるウサギに、鳶はいや、なんでもないと首を振った。

『君たちも、私をあの子のところまで連れてきてくれて、ありがとう。帰りなら心配しなくてもいい、ちゃんとわかるから』

鳶の言葉に、動物たちはよかったねーと答えた。そしてそれぞれに自分の住みかへと帰っていく。

『聖女、か……』

ひとりになった鳶はそう呟くと、腹部の怪我が治ったことをもう一度確かめて、その大きな翼を広げて飛び立ったのだった。

同じ頃、エヴァリーナと動物たちのやり取りを、裏庭に面する神殿の窓から眺めていた者たちがいた。

「あれは、最近入った下級聖女、か？」

豪奢《ごうしゃ》な神官服に身を包んだ壮年の男、この神殿の最高責任者である神官長だ。

「ああ、そうですね。よく働く、性格も穏やかな娘だと聞いています。幼い子は純粋だからでしょうか、どうやら動物にも好かれているようですな」

神官長の言葉に、彼の秘書的役割を行っている神官が答える。

すると、神官長はふぅむとなにかを考えるように顎に手をあてた。

考えごとをしている時にはそっとしておくのが一番だ。そう、いつも彼の近くにいる神官は賢明にも黙って神官長の言葉を待つことにした。

この神殿には、上級聖女がふたり、中級聖女が八人いる。特別魔力の強いその十人には、ここぞという時にのみ、国の要請を受けて力を振るってもらっている。

それ以外の時間はといえば、聖女たちは神殿の奥の方で好き勝手に振る舞っている。――力の強い聖女の、特権だ。

そして市民の人気取りのために動くのは、九割を占める下級聖女。彼女たちがいるからこそ、聖女という立場に疑問を持つ者がほとんどいないのだ。

いくら力が強くても、個人には限界がある。広範囲の疫病や魔物大量発生《スタンピード》など、国を揺るがすようなことが起きない限り、そう安々と上級聖女が市民のためにその魔力を振るうことはできないのだと、市民たちもわきまえている。

その代わりに、下級聖女たちが日常のちょっとした怪我や病を癒やしてくれる。それだけでも、市民たちは聖女の恩恵を受けているような気持ちになる。

そして、下級聖女を派遣することによって得るうまみは、神官長をはじめとする神官のもの。そうしてこの男たちは、聖女を利用して生きてきた。

聖女の中には貴族令嬢だった者もいるが、なにせ神殿に入るのは五歳。中にははじめこそ高飛車な態度を取る幼女もいるが、親や家の加護を得られないと知ると、すぐに従順になる。

そうして幼い頃から躾《しつ》けているため、下級聖女たちはよく働く。国のため、市民のためと、真っ直ぐな心で。

「……あの子ども、使えるやもしれんな」

にやりと神官長が笑んだ。

お付きの神官にはその意味はよくわからなかったが、心の内はきっと自身の利益のことを考えているのだろうと思いながら、深々と頭を下げたのだった。

ましゃかの左遷⁉ 獣人国ってどんなところでしゅ？

その日、クロヴァーラ国の王宮では、緊急会議が行われていた。

国王をはじめとして、王妃、宰相、各大臣が出席する中、この日は神殿より神官長も呼ばれていた。

クロヴァーラ国が属する人間国は、永らく獣人国とは冷戦状態が続いていた。ここ数年は表立った衝突はなかったものの、最近になって獣人国との国境付近――それもクロヴァーラ国内で、小さな諍《いさか》いが幾度となく起こっていた。

といっても国と国の間には広大な荒野が広がっており、国境付近には人が住んでいない。そのため普通に暮らしていれば接触はなく、ある程度の秩序は保たれていた。しかし、なにをきっかけにか、その均衡が破られようとしていた。

そこで焦ったクロヴァーラ国は、獣人国に使いを出した。平和的解決をしないかと。

突発的に諍いが起きた時に、人間よりも力で勝る獣人には勝ち目がないからだ。

「今日は獣人国との和平について呼ばれたんだろう？」

「ああ。しかし神官長も呼ばれたということは、聖女に関わる議題が上がるということか？」

「とすると、やはり戦争か？　獣人は力こそ強いが、魔法はからきしだからな。上級・中級聖女様のお力を借りることになるだろうし」

ひそひそと大臣たちが話すのを、神官長は黙って聞いていた。浅はかな考えだと、まるで馬鹿にするような笑みを浮かべて。

そうして全員が揃うと、国王の隣に座る宰相が、会議を開始する口上を述べた。議題はやはり、獣人国との和平について。参加者たちの顔が険しくなる。

まずは全体で確認するためにと、宰相はこれまでの経緯を説明することにした。

「――と、ここまではよろしいですかな？　そして昨日、獣人国から、和解を前向きに考えようとの知らせが届きました」

おお！と喜びの声が上がる。身体能力では獣人には劣る。戦争をせずに済むなら、もちろんその方がいい。

「……しかし、先方から条件を出されてな」

そこで初めて国王が口を開いた。

――条件。それが容易いものではないだろうと、この場にいる誰もが想像がついた。

ごくりと息を呑《の》む音が会議室に落ちた。皆が、国王の次の発言を待った。

「条件はひとつ。それは、聖女をひとり、獣人国に遣わせること」

その内容を聞いた大臣たちは、驚きに目を見開いた。まさか、それはよいのか？　そんな前例はないぞ。いったい誰が獣人国に……と、あちらこちらで声が上がる。

中には、もしやと焦る者もいた。聖女として我が娘を神殿に送った者たちだろう。

そして最後に、神官長に視線が集まる。なるほど、彼が呼ばれたのはこのためかと、皆が納得した。

注目を浴びていることに満足したのか、神官長は悠然と立ち上がった。

どうやら事前に話がいっていたようだと、大臣たちは眉を顰める。

「力の強い者を派遣すれば、我が国の損失になり、また脅威になるでしょう。そして、並の者であれば、野蛮な獣人の住む国に遣わされることに失望し、心を壊すかもしれません。……また、元貴族令嬢であれば、彼女たちを愛する実家から抗議の声が上がるやもしれませんな」

ちらりと神官長が、冷や汗を流す大臣たちを見た。

――となると、平民の下級聖女に限られるか？　いやしかし、どの聖女も嫌がるだろうし、ろくな躾をされていない平民では向こうで粗相をするかもしれん。

参加者たちのそんな声がひそひそとこだまする。

そんな戸惑いの空気が流れる中、神官長だけは余裕の笑みを浮かべていた。

「ひとり、うってつけの聖女がおります」

その勝ち誇った様子に、大臣たちは神官長の権威が今まで以上に上がることを懸念するのであった――。

＊＊＊

「はい、エヴァリーナ様の今後のご成長に期待をして、お願いしたいと思っております」

「私が、獣人国に……？」


にこにこと微笑む神官からの申し出に、私は驚き戸惑った。

いつもと変わらない忙しい一日を終え、自室で休もうという時に呼び止められ、応接室っぽい部屋に連れてこられたかと思ったら、この爆弾発言。

ええ⁉　私⁉　なんで私⁉

頭の中がハテナでいっぱいになっていると、神官にこれは決定事項です、ときっぱりと言われた。

とりあえずどうしてそうなったのかを聞いてみたのだが、幼い私にはまだ難しい、大人の事情があるのですよ、と軽くあしらわれてしまった。

たしかに普通の五歳児では理解できない内容かもしれないけど！　中身は大人なので教えてください！

そう言いたいのはやまやまだが、子どものたわごとだと思われて終わりだろう。まだ言葉すら拙い幼女が相手では、そう思ってしまうのも仕方がない。

とりあえず、冷戦状態だった獣人国と和平を結ぶために、向こうが出してきた条件が〝聖女〟だったのだということはわかった。そこからどうして私が選ばれることになったのかは、わからないけれど。

しかし、〝決定事項〟ということは、私が泣こうが喚こうが派遣される事実は変わらないということ。

「大丈夫ですよ、エヴァリーナ様は動物たちによく懐かれていると聞きました。きっと向こうの獣人たちともすぐに仲良くなれるでしょう」

あ、そうか。

神官の言葉に、なぜ私が選ばれたのか、少しだけ合点がいった。

私が休憩時間に裏庭で動物たちと戯れていることは、別に隠しているわけじゃない。同じ下級聖女の中にも知っている人はいるし、ひょっとしたら神官の中にもその場面を見たことのある人がいるかもしれない。

獣人＝動物の血が濃い人種だから、動物に好かれている私が適任！って思ったってこと？

「わ、わかりました……」

とりあえずそう答える。いや、そう答えるしかなかった。

「ご快諾いただけてよかった！　では、色々決まりましたら、こちらからお伝えさせていただきます！　それではもう夜も更けてまいりましたし、ごゆっくりお休みください」

そう言うと神官は、上機嫌で出ていった。俯《うつむ》いたままの私のことなど、振り返ることなく。

「獣人国って……」

ひとりになった応接室で、ぽつりと呟く。そして、獣人国について本で読んだ知識を思い出していく。

獣人族は、人間族・エルフ族と並んでこの世界に存在する種族である。

獣人族が統治する獣人国は、このクロヴァーラ国に隣接しており、その土地は気候の変化が大きく、また自然災害が多いことでも有名だ。

個人差はもちろんあるが、獣人族は身体能力が高く、その性質は獰猛《どうもう》なことが多い。それゆえに隣接する我が国とは、昔からなにかと小競り合いが多かった。

しかし、戦争となると失うものが互いに多い。それゆえ、賢王と名高い現クロヴァーラ国王は、獣人国との和平交渉を進めている。……ということまでは知っている。

そんなところに私が……？と、改めて神官の言葉を思い出し、くらりと眩暈《めまい》がする。だ、大丈夫か、私で。

だって、聖女を望んだってことは、聖女の力を必要としているということなのだろう。そうよね、獣人国は決して住みやすい土地ではないと本で読んだことがあるし、ひょっとしたらなにかの病気が流行っているから、助けてほしいとかかもしれない。

人間族よりも魔法に精通しているエルフ族は、かなり閉鎖的なお国柄だ。それに平和主義で穏やかな者が多い彼らは、脳筋……いや、考えるよりまず行動！な獣人族とは相性が悪い。

エルフ族の協力を得るのが難しいなら聖女に、という考えに至った可能性は高い。

しかし、私には病気の流行を止めたり、住みよい国に改革したりするような、そんなすごい力も知識もない。

「ど、どうなっちゃうんでしょ、私……」

今後のことを考えて、ずきずきと痛む頭を抱える。

上手くいく気がしない。

ぐるぐると色々考えてはみるが、良い案など浮かぶはずもなく……。

ぐぅぅぅ……

「……とりあえず、お腹、すきました。ご飯、食べに行きましょ……」

不安しかない未来を考えることを放棄して、私は応接室を後にするのであった。


それから、あれよあれよという間に私の獣人国行きの話は進み、ついに今日、出立の日を迎えた。

他の聖女からはとても驚かれたが、選ばれたのが自分じゃなくてよかったと安堵《あんど》する様子も見られた。そりゃそうよね、見知らぬ異国、しかも冷戦状態だった国だし、その国民性は荒っぽいという。普通の感覚なら、拒否したくなる話だ。

色々とよくしてくれたお姉さん聖女たちからは、すごく心配された。たぶん獣人国に行くということがどういうことなのか、まだよくわかっていないと思われているのだろうが、そうやって心配してくれる人がいるということが、とても嬉しかった。

でも、私でよかったのかもしれないとも思う。まだなにもわからない子どもだからという理由で、多少粗相をしても許されるかもしれないし、聖女としての力が弱くてもしばらく様子を見ようとしてくれるかもしれない。それに中身は大人だ、本当の五歳児よりは考えて行動できる。

聖女なのは間違いないし、こんなちびっこでもなにかできることはあるかもしれないしね。両国の架け橋になる！とまではいかないけれど、迷惑にならないように気をつけて、できるだけのお手伝いは頑張ろう。

そう前向きに考えることにして、今日まで心を整えてきた。

不安も、恐怖も、もちろんある。上手くやっていけるなんて、そんな自信はない。けれど。

「それでは聖女エヴァリーナ様、出立させていただきます」

「……はい、よろしくお願いいたしましゅ」

見送りに来てくれたのは、よくしてくれたお姉さん聖女たちと、見届人の神官が何人かだけ。

それでも私は、精一杯の笑顔を作って馬車に乗り込んだ。

頑張ってきますと、お世話になったお姉さん聖女たちに手を振りながら。

「……クロヴァーラ国にも、こんな土地があったのでしゅね」

出立から二日、私は馬車に揺られながらそう呟いた。

クロヴァーラ国をはじめとする人間族の国は、基本的にどこも温暖で気候が安定している。しかし、獣人国との国境付近に近付くにつれ、だんだんと緑が少なくなってきた。街からずいぶん離れたせいもあるかもしれないが、寂しい感じもするし、それにちょっと寒い。

「エヴァリーナ様、こちらをどうぞ」

ぶるりと身震いすると、同乗している侍女が、ふわふわの上着を差し出してくれた。わ、ビアードのもふもふの毛皮に包まれていた時のことを思い出すわぁ。ふわふわもふもふ、あったかい。

「ありがとうございましゅ。あったかくて、きもちぃでしゅ」

上着を羽織り頬を緩めた私を見て、侍女と一緒に護衛の騎士も微笑んだ。ふたりとは、この道中で仲良くなった。

さすがに三人馬車の中で無言状態が続くのは辛いもの。同行するのが気さくなふたりでよかった。

「このあたりの気候は、獣人国とほとんど同じらしいですよ。獣人国には、四つのキセツ?があって、今はアキという少しずつ寒くなっていく時期に入ったところのようです。もう少ししたら、もっと寒くなるそうですよ」

騎士の言葉の中に、懐かしい単語が出てきて目を見開く。季節？　秋？

「獣人国では、一年間の中に寒い時期もあればものすごく暑い時期もあるそうです。不便ですよね。エヴァリーナ様も、あちらで体調など崩さないように気を付けてくださいね」

心配してくれる侍女の言葉に、また驚く。四つの季節、秋、暑かったり寒かったり。それって……。

「日本みたいな国、ってことでしょぉか」

ぽつりと呟く。

今までほとんど獣人国についての本を読んだことがなかったので、知らなかった。

まだまだ不安なことだらけだけれど、日本に似た国なら、少しだけ楽しみな気持ちも出てきたかも。

「着いてすぐに風邪をひかないよう、気を付けましゅね。ありがとうございましゅ」

私を案じてくれるふたりに、ぺこりと頭を下げてお礼を言う。

でもたしかに、前世に暮らしていたところと同じような気候だからって、この体はそれに慣れていないんだから、油断しちゃ駄目よね。

そういえば前世でも、小さい頃は気温差が激しいとすぐ風邪をひいてたっけ。お母さんがつきっきりで看病してくれたのを、おぼろげだけど思い出した。

……向こうで風邪をひいたら、誰かが看病してくれるのかな……？

「エヴァリーナ様？　どうかなさいました？」

名前を呼ばれてはっとする。いつの間にか俯いていたようだ。

「なんでもないでしゅ。おふたりともお別れだなぁと思って、ちょっと寂しくなっただけでしゅ」

誤魔化すようにそう言ったが、これは嘘《うそ》ではない。

獣人国から呼ばれたのは、〝聖女ひとり〟。侍女も護衛も、獣人国までの道中だけだ。そして国境はすぐそこ。獣人国からの迎えが来ることになっている。

そこで、このふたりともお別れ。

「エヴァリーナ様……」

「俺たちも、ついていけたら……」

そう眉を下げるふたりに、苦笑いして首を振る。

ふたりにも、家族がいる。慣れない土地に行くのは、私だけでいい。

「そのお気持ちは嬉しいでしゅけど、私はひとりでも、だいじょぶです。……国境、着きましたね」

馬車がスピードを落とし、止まった。窓の外を見ると、高い塀が立っていて、この先はもう獣人国だ。

「ここまで、ありがとうございました。おふたりに会えて、よかったでしゅ」

努めて明るい声を出す。ここ数カ月、別れが続くなぁと思う。

メリィやビアード、お父様とお母様、お姉さん聖女たち、そしてこのふたり。

まぁお父様やお母様とは、お互い特に寂しいとかそんな感情はなかったけれど。こうやって別れを惜しむような人たちと出会えたことは、とても良いことだと思うから。

でも、ここからは、本当にひとりきり。

ふぅっと一度吐き、息を整えて馬車から降りる。空気が、違う。

風の温度と匂いが違うことに気付いて、地面に足を着けて軽く上を向くと、ざわりとどよめきが起きた。

なんだろう、そう思って声のした方に顔を向けると、そこには私を迎えに来たのであろう、獣人たちが立っていた。

初めて見る獣人に、私は目を見開く。

「耳、はえてる……」

思わず声に出てしまい、慌てて口を閉じた。そしてちらりともう一度獣人たちの方を見る。

耳がはえていたり、しっぽがあったりはしているが、それ以外の外見は人間族の私たちと変わらない。これなら、前世のテレビで見た、都会のハロウィンの仮装なんかにいそうな感じだから、そんなに怖くないかも。

知識として姿形は知っていたけれど、実際に見てどうかはまた違うもの。神殿の人たちは獣人のことを、おぞましい姿とか、恐ろしくて見るに堪えないとか、そんな風に言っていたけれど、私は嫌悪感とか恐怖心は感じない。いやむしろ、コスプレっぽくてちょっとかわいい。

……って、ぼーっとしていたら失礼よね。ええと、そういえば挨拶とか、乗り換えた後どうするかとかなにも聞いていなかったけれど、とりあえず自己紹介からかしら？

今さらながら事前になにも教わってこなかったことを後悔しつつ、オーガスティン家で教わっていた挨拶を思い出しながら、スカートの裾を軽く持ち上げる。

「はじめまして。エヴァリーナ・オーガスティンと申しましゅ。これからよろしくお願いいたしましゅ」

でしゅましゅは直らないけれど、なんとか名前は噛《か》まずに言えた！　自分の名前ながら、本当に言いにくい。でもさすがに侯爵令嬢として自分の名前がちゃんと発音できないのは格好がつかないとのことで、家庭教師とみっちり練習しておいてよかった。

そう思いながら顔を上げると、獣人たちが驚いた顔をして惚《ほう》けている。

……あれ？　私、なにか間違った⁉

そう焦った時、ひとりの男性が前に歩み出てきたため、その顔を見上げた。

「……丁寧なご挨拶、ありがとうございます。聖女様」

い、いいいいイケメンさんだ！！！！！

「大変失礼いたしました。聖女様の所作がとても美しかったため、皆も見惚れてしまったようです」

そうしてイケメンがぺこりと頭を下げると、少しクセのある見事な赤色の長髪がさらりと流れた。

顔を上げた瞳の色は、金色。

騎士だろうか、黒い軍服に黒い手袋をしている。それにしても黒い軍服に鮮やかな赤毛がとても映えている。

ほえーっと見惚れていたが、なにか話さなければと我に返る。

「いえ、その、舌っ足らじゅで申し訳ありません。お聞き苦しいとは存じましゅが、ご容赦くだしゃい」

幼女の拙い挨拶を指摘せず、むしろ褒めてくれた騎士さんに、こちらもぺこりとお礼をする。

一応こんなのでも聖女だから、きっと礼を尽くしてくれているのだろう。

するとなぜか、また獣人たちからざわめきが起きた。

はてなと首を傾げると、赤毛の騎士さんは驚いた表情をした。

「……あのぅ？　その、私、なにかおかしいでしゅか？」

先ほどから獣人たちの反応の意味がよくわからなくて困惑する。

あ、ひょっとして、獣人族と人間族とでは、挨拶のマナーが違うとか⁉

「あ、いえ、すみません。不安だらけでしょうに、あまりにしっかりとされているので、驚いてしまいまして……」

騎士さんの言葉に、ほっと胸を撫で下ろす。

よかった。出会って早々に粗相をしたのでは、和平協定にヒビが入りかねないもの。

それに。

「まだまだ幼く未熟ではありましゅが、精一杯お力になれるよう、がんばりましゅ。どうぞよろしくお願いいたしましゅ」

第一印象は大事だ。丁寧すぎる、少し堅苦しい言葉をあえて使っておこう。謙虚な姿勢くらいはアピールしておきたい。

計算高いかもしれないが、今後の獣人国での生活がかかっている。この騎士さんには良い印象を持ってもらいたい。

今のところ、獣人族の人たちは噂のような粗暴な感じには見えないけれど、それは私が聖女で、期待を持たれているからかもしれない。使えない上に傲慢な奴だと思われたら、対応が変わる可能性だってある。

獣人国行きが決まった後、しばらくして冷静になった私は、とりあえず身の安全を確保しなくてはということに思い至った。

どう頑張っても、上級や中級聖女のような力は使えないのだ。それなら、「たいした能力はないけど、まぁ害はないし、成長したらもうちょっと使えるようになるかも。ちょっと様子見ておくか～」くらいに思ってもらえるようにしよう、そう考えた。

だから、とりあえず謙虚で面倒くさくないアピールをしておきたい。

そうして努めてにこやかに微笑むと、赤毛の騎士さんも頬を緩めてくれた。

「こちらこそ、よろしくお願いいたします。申し遅れました、私は獣人国王宮専属騎士団所属、第一部隊隊長の、アレクシス・ウィングと申します。今回、あなた様を王宮までお連れする護衛として派遣されました」

赤毛の騎士さんは、アレクシスさんというのか。いや、ここはウィング卿《きょう》と呼ぶべき？

「ありがとうございましゅ、うぃんぎゅきょぉ……！」

う、上手く名前が発音できない⁉

「しゅ、しゅみません、えと、うぃんぎゅ、うぃん……」

「くっ。くくっ」

焦って何度か言い直そうとしていると、頭上から笑い声が響いた。

わ、笑われた⁉　いや、名前がちゃんと呼べないって、ものすごく失礼だったよね⁉　ど、どうしよう……。

「も、申し訳ありません。……ふっ」

……とりあえず怒ってはいないみたい。でも、笑いを収めようとしてるけど、収めきれていませんよ。

ふと周りを見ると、他の獣人たちも視線を逸らしてぷるぷる震えている。

こ、これは……。絶対私のこと、笑ってるよね⁉

「部下たちが失礼しました。おい、おまえたち、そこまでにしておけ」

いや、部下たちを窘《たしな》めていますけどあなたも笑ってましたよね。そ、そりゃちゃんと発音できない私が悪いんですけども！

「す、すみません聖女様。あまりにかわいらしかったので、つい……」

笑いを堪えていた騎士もそう謝ってくれたが、恥ずかしいことに変わりはない。穴があったら入りたい。そんな気持ちで真っ赤に染まっているであろう顔を俯かせる。

「聖女様」

下を向いていると、先ほどよりも近い位置から声がして、驚きぱっと顔を上げた。すると、ウィング卿がしゃがんでくれていて、ちょうど目線が私と同じくらいのところにあった。

「どうぞ私のことは、アレクシスと。それも呼び辛ければ、アレクでも構いません」

優しい声と表情。悪い人には見えない。

「……では、えと、あれくしゅす……」

駄目だ、やっぱりサ行が上手く言えない！

「…………………しゅみません、あれくしゃま、でもよろしぃでしゅか？」

「だ、だいじょ……ふっ、ぶ、です。いえ、様もいりませんよ、ふふっ」

あああああ、また笑われてしまった。もう周りも見られない、絶対みんなに笑われてるもの！

「では、あれくしゃんと。本当に申し訳ないでしゅ……」

必死に笑いをかみ殺しているアレクさんに、自分が情けなすぎてがっくりと肩を落とす。もう中身が大人だというプライドはずたぼろだ。

しかし、アレクさん的には警戒が少し緩んだみたいなので、一応結果オーライ？

「では、こちらの馬車に乗り換えていただけますか？　クロヴァーラ国のお付きの方々も、ありがとうございました。これより、我々が誠心誠意、聖女様を守ってまいります」

平静を取り戻したアレクさんが、私のうしろに控えていた侍女と護衛に向かってそう声を上げげた。

その誠意ある言葉に、ふたりはよろしくお願いいたしますと頭を下げた。

うん、なんとなくだけど、アレクさんみたいな人がいる中でなら、なんとかやっていけそうな気がする。

そこで私は、そっとふたりに近付きその顔を見上げた。

「私、たぶん、だいじょぶでしゅ。がんばれそうな気がしてきました」

少しだけ涙目になっているふたりに安心してもらえるように、にっこりと微笑む。

「たった二日間だけでしたけど、おちぇわになりました。御者の方も、遠くまでありがとうございました」

馬車の側にいた御者にお礼を言い、そしてここまで馬車を引いてくれた二頭の馬のところにも駆け寄る。

「あなたたちも、ここまで連れてきてくれてありがとう。帰りも気をつけてね」

そう言って顔を撫でると、馬はブルルと鼻を鳴らした。

『これくらい、俺たちにとってはたいした距離じゃないさ』

『おまえさんも、がんばってな』

そして私を元気づけるように鼻先をこすりつけてきた。ふふ、くすぐったい。

三人と二頭との最後の別れを済ませ、アレクさんのところに戻る。急ぎたいだろうに、ちゃんと待っていてくれたことに感謝だ。

「お待たせしました。もう、だいじょぶです。まいりましょう」

「はい、それではお手を。お足元にお気を付けください」

アレクさんが黒い手袋をつけた手を差し出してくれて、そっと手を重ねる。獣人国の馬車、先ほどまで乗っていたものよりももっと大きいし、足場も高い。

手を借りてはいるが、簡素とはいえドレス姿での慣れない高さにちょっと苦労して足をかける。すると、アレクさんがそれに気付いた。

「……聖女様、お嫌でなければ、持ち上げても構いませんか？」

「も、持ち⁉　え、ええっと、ぅわっ！」

予想外の提案に驚いていると、答えを待たずにアレクさんが私の体を抱き、いや、持ち上げた。……文字通り、まるで小さい子どもをたかいたかーいするみたいに。

ふわりと体が浮き、そっと馬車の中に下ろされる。

びっくりした、けど、子どもとはいえこんなに軽々と持ち上げるなんて、アレクさんはすごい力持ちさんなんだなぁ。

驚きつつも感心していると、顔に出ていたのだろうか、アレクさんがまた柔らかく微笑んだ。

「ふっ、大丈夫ですよ。聖女様は、まるで羽のように軽いですね」

「ふにゃっ⁉」

イケメンからの甘い台詞に、反射的に変な声が出てしまった。顔の温度が急上昇している。

いや、こんな幼女相手にそんな深い意味はないとわかっている。わかってはいるが、そういう問題ではない。

「はは、照れたお顔もかわいらしいですね」

「かわ⁉」

今度は声が上ずってしまった。そんな私に、アレクさんの笑いは止まらない。

「ふふっ、失礼いたしました。それでは出発いたしますので、ご着席ください」

からかうのはこのあたりでやめておこうとでも言うように、アレクさんは馬車の扉を閉めた。

ひとりになり、ばたっと勢いよく着席……いや、座席に倒れ込む。

イケメン怖い。前世と合わせてもまったく恋愛経験のない私には、刺激が強すぎる。

先ほどからのアレクさんの表情と言葉を思い出し、顔に熱が集まる。

ひとりでよかった、きっと今の私は、茹《ゆ》でダコのように真っ赤に違いない。

ぷるぷると悶《もだ》えていると、おそらくアレクさんがかけたであろう号令で馬車が緩やかに走り出した。

ううう……ちょっと落ち着かないと。

先ほどまでは暖かかったもふもふの上着が、今は暑く感じる。ぱたぱたと手であおぎ、少しでも顔の熱を下げようとしながら窓の外を見つめる。

少しずつ、クロヴァーラ国が離れていく。それほど愛国心があるわけではないが、ほんのちっぽけでも思い出はある。

「……しゃようなら。ありがとうございました」

転生して、たった五年。されど五年だ。片手で数えられるくらいしか生きていないけれど、それでも今世の私の祖国。

どうか、みんな幸せに。

そう呟きながら、遠く離れていく景色を見つめるのであった。

＊　＊　＊

「――行ってしまわれたな」

「はい。……エヴァリーナ様、大丈夫でしょうか」

エヴァリーナを乗せた獣人国の馬車が見えなくなって、役目を終えた護衛の騎士と侍女は眉を下げた。

国の都合で、まるで生贄《いけにえ》のように差し出されていった聖女。

まだ幼いから、大人の企みなどわからない。

高位貴族出身とはいえ、実家から便りのひとつも神殿に届いたことはなく、おそらく必要とされていない娘だったのだろうといわれている。

そして、動物好きで、傷を負った獣のために聖女の力を使うほどのお人好し。

そう、国にとって都合のいい条件が揃っていて、獣人国に差し出すにはうってつけだと選ばれたのがエヴァリーナだった。

「……たった二日間だけでしたが、私、エヴァリーナ様のことがとても好きになりました。国に残っていたら、きっと民に慕われる聖女様に成長されたでしょうに……」

「そうだな。まだ幼いのに、聡明《そうめい》で、謙虚で、他人のことを思いやれる方だった」

そんな純真無垢《じゅんしんむく》な少女ひとりに責任を押し付けるようなことで、本当にいいのだろうかとふたりは胸を痛めた。

「ひとつ救いなのは、私たちが思っていたよりも、獣人たちが紳士的だったことですね」

エヴァリーナを迎えに来たという、獣人国の騎士部隊。隊長だという赤髪の男を筆頭に、粗暴な言動は見られなかった。獣人たちは、噂ほど怖くないのかもしれないという印象を受けた。

「……ひょっとしたら、エヴァリーナ様にとっては、クロヴァーラ国なんかで下級聖女をしているよりも、獣人国の方が大切にされて幸せになれるかもしれないな」

そう苦笑いを零す騎士に、侍女は眉を顰めて俯いた。

「だといいですね。……でも、きっとそう思いたいだけです。私たちが、自分たちの罪の意識を軽くしたいから。獣人国の方が幸せになれるなんて保証は、どこにもないのに」

なんて自分勝手なんだろう。聖女とはいえ、あんな幼い少女ひとりに、すべてを背負わせて。

せめて、獣人国が彼女にとって住みやすい国であるように。それが利己的な考えであることを承知で、それでもふたりはそう願わずにはいられなかった。

私が王様のお妃様⁉　それは無理でしゅね

「ふあぁぁ、すっごく、美味しいでしゅ」

「でしょう⁉　人間やエルフは魔物なんて……って嫌な顔をしますけど、食ってからモノ言えってんですよ」

「リーナ様、こっちも焼き上がったぜ！　熱々が美味いですから、冷めないうちにどーぞ！」

獣人国へと引き渡されてから、丸一日。馬車を乗り換えてしばらくは荒れ地が続いていたが、一時間ほど走れば少しずつ緑が見られるようになり、時折村や街の景色も見られる。

そして王都へと向かう旅路だが、思っていたよりもとても快適だった。

まず馬車だが、獣人は人間に比べて大柄な人が多いため、馬車も大きくて広い。現代日本ほど道の舗装はされていないが、そこは下級とはいえ聖女だ。癒やしの魔法のおかげでお尻の痛さとも車酔いとも無縁で、広々とした車内でのびのび乗っていられる。

同乗すると私が怖がるのではとアレクさんが気遣ってくれたため、車内ではひとり。行儀が悪いかもしれないが、のんびりだらっと足を伸ばすこともできる。

クッションなども用意してくれていたため、お昼寝だってできる。幼いこの姿は疲れやすいので、気兼ねなく眠れるのはありがたい。

ちょくちょく休憩を挟んでくれるので、外の空気を吸って気分転換もできるし、その時間に獣人たちと話をする機会も持てた。

そして食事。これが一番危惧していたことだったのだが、野菜や果物などはともかく、獣人たちは動物を食べない。なぜってそれは、自分たちが動物の血を引いているから。共食いをするようなものだ、そりゃ嫌よね。

では、なにでたんぱく質を摂っているのかと言えば、魔物だ。

そして今、私の目の前には魔物料理が並んでいる。

「サンダーバードの丸焼きか。エヴァリーナ様、少しピリッと刺激があるので気を付けてください」

「あ、しゅみません、ありがとうございましゅ」

アレクさんが、食べやすいようにと小さく切ったお肉を皿に乗せてくれた。

獣人国に入って初めての食事は、パンと果物だった。魔物など人間は食べないだろうと考慮してくれたのだろう、私の分だけ別に用意してくれたのだが、正直、物足りなかった。

そこでアレクさんたちの方を見ると、美味しそうに魔物を食べているではないか。獣人は魔物を食べるということは知っていたが、本当だったのだなと思った。そして、いいなぁと思ってしまった。

でもその時は我慢した。パンと果物も美味しかったし、せっかく用意してくれたものにケチをつけるみたいなことはしたくなかったから。

だけど、その次の食事もパンと果物だった。種類は変えてくれただけありがたかったのだが、ちょっと待てよと私は思い立ったのだ。

もしかして、私、この先ずっとお肉や魚が食べられないのではないかと。

一日二日なら我慢できる。でも、私は獣人国に無期限で滞在することになっている。つまり一生食べられない可能性がある。

それはちょっと、いやかなり厳しい。ただ単に食べたいという気持ちだけでなく、たんぱく質不足で今後の成長にも支障が出るだろう。ただでさえ普通の五歳児より小さいなと思っているのに。

では、どうすればいいのか。答えは簡単だ、魔物を食べればいい。

すぐにその考えに至った私は、三度目の食事、つまり今回、思い切って魔物を食べてみたいと声を上げたのだ。

そりゃ抵抗はあった。でも、前世でだってこんな見た目のものが!?というものが美味しかったりしたもの。食べてみなければわからない。

最初、アレクさんをはじめとするみんなが戸惑った。人間が魔物を食べないことを知っていたから。聖女様にそんなもん食べさせていいのか?という空気が漂った。

でも私はゴリ押しした。これから獣人国で暮らすのだから、この国の慣習に慣れたいのだと。

すると、騎士たち全員が私の発言を喜んだ。

「まだお小さいのに、エヴァリーナ様は気概がありますね」

「聖女様なのに、遠征用の簡素な食事でも文句言わないしな」

「おかわりもどうぞ。たくさん食べてくださいね！」

魔物を食べてみたいというたったひとつの発言で、みんなの態度がかなり軟化した。

それまでも丁寧な扱いは受けていたけれど、私としては今のように気やすい感じの方が嬉しい。中には愛称で呼んでくれる人もいて、距離がぐっと近付いた感じがする。

「まさか、こんなに美味しそうに召し上がっていただけるとは思いませんでした。無理はしていませんか？」

「はい、だいじょぶでしゅ！　これも、ちょっとぴりっとしゅるのがとっても美味しいでしゅ！」

魔物料理なんていうからどんな見た目なのかと思えば、調理後は普通のお肉料理とほとんど変わらない。明らかに魔物です～なグロテスクな見た目なら無理だったかもしれないが、これなら全然抵抗なく食べられる。

そう笑顔で答えると、アレクさんはほっとした顔をした。

「あなたは、不思議な方ですね。聖女様をお迎えにするにあたって、我々は相応の覚悟をしてきたのですが」

「覚悟、でしゅか？」

なんの覚悟だろう。ちなみに私はそれなりに覚悟してきたが、今のところいい意味で裏切られているのだが。

「ああ、いえ。とにかく、獣人国へ来てくださったのがあなたでよかったという話です」

あんまり言いたくないことなのかしら？　それならここは聞き返さない方がいいのかも。

もぐもぐしながら首を傾げるにとどめておくと、アレクさんはくすりと笑って私に向かって左手を伸ばしてきた。

「頬についておりますよ。ふふ、とても大人びていらっしゃるので驚きましたが、年相応に幼いところもちゃんとおありで安心しました」

なんとアレクさんは、私のほっぺたについていた食べかすを指でひょいと摘まむと、そのまま口の中に――っっ⁉

「な、な、ななな……っ⁉」

「お気に召したのであれば、どうぞたくさん召し上がってくださいね」

慌てふためく私とは違って、アレクさんは涼しい顔をしている。

「それにしても、もうすでにあなたを愛称で呼ぶ騎士がいることに驚きました。たった一日で、ずいぶん馴染《なじ》まれたようですね」

「あ、えと、はい。休憩時間に、皆しゃんとしゅこしお話ししゅる機会があったので」

アレクさんが平静なのに私がいつまでも狼狽《うろた》えているのも変よねと、無理矢理平常心を装う。顔はおそらくまだ赤いだろうが、せめて会話は普通にできるように頑張ろう。

「失礼がなければいいのですが。あまり馴れ馴れしくて不快にお思いになれば、私におっしゃってくださいね」

「い、いいえ！　皆しゃんとてもよくしてくれて、嬉しいでしゅ！」

私なんかのことで騎士たちが叱られてしまうのは申し訳ない。だいじょぶです！と前のめりでアレクさんに伝える。

「そうですか。なにかお困りのことがあれば、遠慮なくおっしゃってくださいね。さて、そろそろ片付けて出発しようと思うのですが、お腹は膨れましたか？」

「はい、とっても美味しかったでしゅ。ごちそうさまでした」

料理を用意してくれた騎士たちにもお礼を言って、馬車に乗り込む。ぽすりと座席に座り、クッションに寄りかかる。

はぁ、お腹ぱんぱんだ。ちょっと食べすぎたかもしれない。でも魔物料理が意外と美味しいことはわかったし、これで食事の不安はほぼほぼ解消されたといえる。

ふうっとひと息つくと、出発しますねと外から声をかけられ、馬車が緩やかに動き出した。

この一日で、獣人ってそんなに怖くないかも？と思えるようになってきた。最初に話したのがアレクさんだったからかな。他の騎士のみんなもけっこう気さくだし、それに。

「……みんなの耳とかしっぽ、ふわふわもふもふしてて、ちゅぃ触りたくなっちゃうんでしゅよね」

急に触ったりするのはさすがに失礼だろうと思い我慢しているが、いつか触らせてもらいたいと密かに思っている。

あれ？　そういえば、ほとんどの騎士には耳やしっぽがついているのに、アレクさんには耳もしっぽもないよね。

「あれくしゃんは、いったいなんの獣人しゃんなんでしょぉ……？」

赤い髪に金色の瞳、一見するとクールな顔立ちだが、ああして話すととても紳士的で優しぃ。耳やしっぽがない動物……ヘビ？　いやいや爬虫《はちゅう》類とか両生類っぽくはないし、鳥とか魚とかかな？

「今度聞いてみましょぉ」

獣人はその生き物の血が濃いため、獣化という、より獣の姿に近付けてもっと能力を高めることができると本で読んだことがある。

完全に獣の姿になるわけではないらしいが、きっと獣化してもかっこいいんだろうなぁ……。

「見て、みたいでしゅ、ね……。うう、お腹いっぱいだし、揺れのせいもあって眠くなってきちゃいました……」

アレクさんたちに申し訳ないなと思いつつ、幼い体ということもあり睡魔には勝てず、私はそのままぐっすり眠ってしまったのだった。

＊　＊　＊

「エヴァリーナ様、眠ってしまわれたみたいですね」

「ああ、できるだけ揺れないように気を付けるよう、御者に伝えてくれ」

騎乗して並走していたアレクシスは、馬車の窓からすやすやと眠るエヴァリーナの姿を確認し、くすりと微笑んだ。

「そういえば、陛下からのお返事はどうでしたか？」

同じように並走する騎士のひとりにそう聞かれ、アレクシスはため息をついた。

エヴァリーナと合流してすぐ、アレクシスは幼い頃に契約を結んだ従獣である鳶を使って、王都にいる国王に報告書を飛ばしていた。

従獣と主人は意思の疎通がとれ、会話もできる。その鳶に託した報告書、その内容はもちろん、エヴァリーナについてだ。

「かなり驚いておられた。それはそうだろう、まさかあんなに幼い少女がいらっしゃるとは……。クロヴァーラ国は、いったいなにを考えているのか」

平和協定を結ぶ代わりにと聖女を望んだ自分たちが言えたことではないかもしれないが、どう考えてもエヴァリーナにすべてを押し付けたようにしか思えない。そう思うと、アレクシスの眉間には自然と皺《しわ》が寄ってしまう。

「ですが、案外よかったかもしれませんよ。俺、気位の高い人や悲愴感《ひそうかん》たっぷりで泣いて暮らすことになりそうな人でも仕方ないなと思っていたんですが、いい意味で拍子抜けしました。ふふ、初めて国境でお会いした時、あの舌っ足らずさがかわいいと見悶えた騎士もたくさんいましたね。隊長も、同じように思っていたでしょう？」

そうだなとアレクシスは苦笑した。たしかにクロヴァーラ国で活躍する聖女のことを多少知っていたアレクシスは、そういった聖女が来るであろうことを想像していた。戦場で力を振るう上級聖女や中級聖女たちは、それぞれにプライドが高く、獣人国に来ることをよく思わないだろうということもわかっていた。

しかしアレクシスたちは知らなかったのだ、聖女の中には、下働きのように忙しく働かされている下級聖女という存在があることを。

「俺たちみたいなのにも、お礼や挨拶をちゃんとしてくれますしね。国境で初めて会った時も、綺麗な礼をして、自分から名乗ってたし。向こうの馬車の馬にまでお礼言ってましたよね。あの馬も、嬉しそうでした」

馬の獣人である騎士は、まるで自分のことのように嬉しそうにそう話した。あんな風に動物と親し気に接している聖女なら、自分たちの国のことも受け入れてくれるのではと期待したのだ。

「魔物を食べてみたいって言い出した時は、本気で驚いたよな」

「ああ、しかもめっちゃ美味そうに食べてくれたし」

「それに、舌っ足らずでまだ小さいのに口調や言葉が丁寧なのがカワイイ。まぁ顔もすんげぇカワイイけど」

だよなー！と盛り上がる騎士たちに、アレクシスは苦笑した。

「たしかにかわいらしいお方だが、ちゃんとわきまえろよ。ああして気さくに接してくださるのは、エヴァリーナ様がまだ幼く、国同士の思惑などよくわかっていないからだ。今は我々のことを警戒しておられないが、今後どうなるかはわからない。……親兄弟から離れていらしたのだろうから、せめてこの道中だけでも、不便のないよう我々が気遣って差し上げなければ」

（その後のことは、陛下のお考え次第だからどうなるかわからないが……）

王都まで、あと一日程度で到着するだろう。その後のエヴァリーナの処遇について懸念しつつも、アレクシスは国の安寧を思って、まだ遠い王都の方を見つめるのであった——。

＊　＊　＊

「ふあぁぁぁ！　しゅごい！　お城、大きいでしゅ！」

馬車を乗り換えてから二日と少し、ついに王都に到着した。城下町に入ってすぐに馬車の窓から見えてきた王城に、私は大興奮している。

「エヴァリーナ様、もうじき到着しますので、ご用意をお願いします」

アレクさんが窓の向こう側からそう教えてくれたのに、こくりと頷く。

わかってはいたけれど、こんな大きなお城に住んでいる王様に挨拶をするなんて緊張する……！

今になって胸がどきどきしてきた。粗相したり、失礼なことを言ったりしないだろうか。ただ挨拶するだけならまだしも、おそらく多少は会話をすることになるだろう。大丈夫かな、ちゃんと受け答えできるかしら。

そうしているうちに、どうやら到着してしまったらしい。馬車が止まり扉が開くと、アレクさんが手を差し出してくれた。

「お疲れ様でした。どうぞ、お手を」

「しゅみません。その、お願いしましゅ」

手を伸ばしてアレクさんに身を任せる。そして、この二日間いつもそうだったように、私を抱き上げて降ろしてくれた。

すると、ざわりとどよめきが起きた。この反応、二度目だ。

たぶん、聖女がこんなちびっこなのに驚いたのだと思う。最初にアレクさんたちに会った時はどうしたんだろうと思ったけれど、よく考えたら、普通聖女が来るって聞けば、だいたいは若い女性を想像しちゃうよね。

それも超美人とか超美少女とか、清楚《せいそ》で優しくて超有能ないかにも聖女！って感じの人を。

それなのに実際やってきたのは、若いといえば若いけれど、こんなにちまい、本当に聖女……？って感じの私。それなりに整った顔立ちはしていると思うが、超有能では絶対にない。

がっかりさせてしまったのは申し訳ないが、ここは期待が大きすぎたのだなと諦めていただこう。できるだけお邪魔にならないようできるだけのことはするが、人には限界というものがある。

とりあえずここでも愛想だけはよくしておこうと、にっこりと微笑む。敵意がないことだけはしっかりと伝えておきたい。

「お疲れのところ大変申し訳ありませんが、この後少し休憩をして、国王陛下に謁見……ええと、お会いしていただきたいと思います」

アレクさんが幼い私でもわかるようにと言い直して、そう教えてくれた。

よかった、まだ少し猶予があるらしい。

「わかりました。あれくしゃん、騎士の皆しゃんも、ここまでどうもありがとうございました」

アレクさんたちに向かって頭を下げると、再びざわめきが起きた。

こ、これも二度目なんですけど⁉　なに、獣人国ではこういう時に頭を下げるのはおかしいことなの⁉　いやでも、アレクさんはそんなことひと言も言っていなかったし……。

やらかしてしまったかしらと戸惑っていると、アレクさんが大丈夫ですよと微笑んでくれた。

「私たちの時もそうでしたが、あなたの礼儀正しさに皆驚いているだけです。さあ、お疲れでしょうから、まずは貴賓室でお茶をどうぞ。ミリア、頼むぞ」

「はいです！」

え⁉　か、かわいい‼

アレクさんが声をかけると、十五歳くらいだろうか、ひとりの少女が前に出てきた。侍女服を着たその少女の頭には黒い猫耳、そして背面からは長いしっぽがぱたぱたと揺れていた。

「聖女様、お会いできて恐悦至極にございます。わたくし、ミリアと申します。本日より、聖女様の身の回りのお世話をさせていただきます」

どうやら黒猫の獣人らしいミリアは、まだ若いのに、丁寧な言葉遣いと綺麗な所作で挨拶をしてくれた。

この子が私の専属侍女ってことかな？

「みりあしゃん、これからよろしくお願いしましゅ」

ミリアが発音しやすい名前でよかった。アレクさんの時のような醜態を晒《さら》さなくて済んだわ。かわいらしいミリアの容姿も相まって、ほっとしてふにゃっと頬が緩んでしまった。まずいまずい、へらへらしないように気を付けないと。

きりっと気を引き締めていると、なぜか目の前のミリアの顔もほにゃっと綻んでいた。

んん？

「ミリア」

「はっ！　すすすみませんアレクシス様！　あまりに聖女様がかわいらし……いえ！　はい、貴賓室にご案内させていただきますっ！」

呆れたようなアレクさんの声に、ミリアがあわあわと慌てる。そして、どうぞどうぞと私を案内してくれた。

そっか、ここでアレクさんたちとはお別れ、なのかも。

そのことに気付いて、歩きながらぱっとうしろを振り向くと、アレクさんと目が合った。

「また、後ほどお会いしましょう」

「あ、はい！」

後からまた会えるんだ。そのことにほっとしながら、私はミリアの後をついていった。

「美味しいでしゅ。みりあしゃんは、お茶を淹《い》れるのが上手なんでしゅね」

ミリアが淹れてくれたお茶をひと口飲んで、その美味しさに驚く。

「ありがとうございます。お疲れかなと思って、少し甘みの強いお茶を選んだのですが、聖女様のお口に合ったのならよかったです。それと、私は侍女なので、どうぞミリアとお呼びください！」

「そう、でしゅか？　では、みりあ、美味しいお茶をありがとうございましゅ！」

そう名前を呼んでお礼を言うと、えへへと笑うミリアのしっぽがふるふると揺れる。

褒められて嬉しいってことなのかな。ふふ、かわいい。

思わず撫でたくなる衝動をなんとか抑えながら、お菓子もいただく。お菓子はほとんど植物性の材料だからか、人間のものとそう変わりない。

「えと、これからみりあは、私の専属侍女になってくれりゅ、ってことなんでしゅよね？　それなら、その〝聖女様〟って呼び方はやめてくれましぇんか？」

え？とミリアが首を傾げる。

猫耳がぴこぴこと動いてかわいい。

「よかったら、私のこともりーなと呼んでくだしゃい。護衛してくれた騎士さんの中にも、そう呼んでくださった方がいましたし」

「は、はい。では、リーナ様と。これからよろしくお願いします、リーナ様！」

元気で素直なミリアとは、これから仲良くやっていけそうだ。アレクさんたち騎士のみんなもいい人たちばかりだったし、あとは……。

「では、そろそろ陛下との謁見の準備をしましょうか。あ、えっと、謁見ってわかりますか？」

そう、それだ。ついにこの時が来てしまった。

「は、はい、わかりましゅ。えと、じゃぁ、お願いしましゅ……」

観念して身だしなみを整える。髪や服も綺麗にしてもらうと、扉の外からそろそろお時間ですと声をかけられた。

「では参りましょうかリーナ様」

「は、はははははい」

ミリアが謁見の間まで案内してくれるのだが、緊張で手と足が一緒に出てしまっている。情けないなと思いつつも粗相をしないかしらと不安でいっぱいになっていると、ミリアがそっと声をかけてくれた。

「大丈夫ですか？　陛下は、その、見た目はちょっと怖そうですけど、けっこう大らかなところがおありですし、リーナ様に酷いことをしたり言ったりはしないと思いますよ」

「しょ、しょうなんでしゅね、ちょっと安心しました……」

見た目はちょっと怖いのか。じゃあ最初に怖がらないように気を付けないと。獣人族の王様だし、ライオンとかクマとか、そんな感じの大きくて強い獣人さんなのかな？　元々獣人族は大きい人が多いし、すっごい大男だったりして……。

私の中でどんどん国王陛下のイメージが勝手に作られていく。そんなことを考えながら歩いていると、あっという間に謁見の間に着いてしまった。

「聖女エヴァリーナ様、到着されました」

ミリアが扉の前にいた騎士にそう声をかけると、騎士たちは扉を開けてくれた。

さあ、ここが正念場だ。

ごくりと息を呑《の》む。とりあえずまずは転ばないように、それでいておどおどせずに、お淑やかに歩くこと。

そう自分に言い聞かせながら、開かれた扉の中へと歩いていく。しずしずと紅いカーペットの上を少し俯きながら進むと、うしろからついてきてくれていたミリアが、そのあたりで止まるようにと小声で教えてくれた。そしてそのままミリアは退室していった。ここからは、私だけ。

よし、と一度息を吐き、そっと跪《ひざまず》く。すると、檀上《だんじょう》から勇ましい、低い声が聞こえてきた。

「聖女殿。顔を上げてくれ」

言われた通り、顔を上げていいのよね？　貴族令嬢としての嗜《たしな》みで知識として知ってはいても、実践するのは初めてなので不安になる。少し迷いながらも、ゆっくりと顔を上げると、そこには三人の男性がいた。

ひとりは、私から向かって左側にいるアレクさん。私と目が合うと、少し微笑んでくれた。

そして右側にいるのが、私に似た銀色の長髪の男性。騎士服とはちょっと違う、文官に近い格好をしている。そして銀色のふわっとした毛並みの耳としっぽが生えていて、知的で中性的

な美貌も相まって神秘的な雰囲気がある。

最後に中央の玉座に座る男性。漆黒の短髪で褐色の肌、毛皮つきのマントを羽織ってアレクさんよりも豪奢な騎士っぽい服を着ている。背は高そうだが、大男というより、しなやかな長身のスラリとしたイメージだ。しっぽはよく見えないが、黒くて丸い耳がある。

顔は凛々しいイケメンだが、為政者らしい威圧感も感じる。間違いなくこの方が、先ほどの声の持ち主、獣人国国王陛下だろう。

「我が獣人国にようこそ、聖女殿。俺が国王のエルネスティ・ブラックだ。長旅の後すぐに呼び出して、すまなかったな」

なんと、国王ともあろう方に先に名乗られてしまった。貴族のマナーとしては、下の身分の者から先に名乗らなくてはいけないのに……！

「とんでもございましぇん。ご挨拶が遅れまして申ち訳ありましぇん、わたくしは、エヴァリーナ・オーガスティン。クロヴァーラ国より、獣人国との和平のため、馳《は》せ参じました」

スカートの端を持ってそう挨拶する。軽く頭を下げているため、陛下の表情は見えない。

「ああ、これからよろしく頼む」

そっと顔を上げると、陛下と目が合った。よく見ると、まだ若い国王様だ。二十代半ばくらいかな？ アレクさんともうひとりの銀髪の男性も同じくらいに見える。側近、ってやつだろうか。

「こちらこそ、よろしくお願いしましゅ」

ぺこりともう一度頭を下げる。すると檀上からくくっと笑い声が聞こえてきた。

それに反射的に頭を上げると、陛下が掌で顔を覆ってぷるぷると震えていた。

――笑って、る？

「……陛下。エヴァリーナ様に失礼ですよ」

ため息をついてアレクさんが陛下を窘める。すると陛下がなんとか笑いを収めようとしながら悪い悪いと謝った。

「いや、失礼した。アレクに事前に聞いてはいたが、本当にちび……いや、かわいらしい聖女殿が来てくれたものだと」

今、ちびって言ったよね。言い直しはしたけど、しっかりこの耳で聞いたわよ。

はははと豪快に笑う陛下は、たしかにミリアの言う通り、見た目はちょっと怖そうだけど大らかな雰囲気だ。……ちょっと失礼なところはありそうだけれど。

「エヴァリーナ様、陛下がすみません。正直、我々が思っていたよりもお若い聖女様でしたので、少し驚いてしまって……。ですが、陛下も他の臣下たちも、あなたを歓迎する気持ちに嘘はありませんので、ご安心ください」

だよね、それは仕方ないと思います。

私を気遣ってくれたアレクさんは、そのまま銀髪の男性も紹介してくれた。

「そして向かって陛下の右側におりますのが、宰相のリクハルド・クレバーです」

「……クレバーです。よろしくお願いいたします、聖女様」

リクハルドさんは、綺麗な所作で礼をしてくれた。……が、どことなく視線が冷たい？

「そう眉間に皺を寄せるな、リク。たしかに目論見が外れてしまったのは痛かったかもしれんが、この幼さでは仕方あるまい」

目論見？　宰相って言ってたし、聖女を連れてきてなにか考えていたってこと？

突然の国の陰謀的な話題に、顔が引きつる。目論見が外れたって、私、どうにかされちゃうの？

なにかしらさせられるのだろうとは思っていたけれど、アレクさんたちがあまりに優しくて、油断していた。

「陛下、リク、そのあたりで。エヴァリーナ様が怯えています」

涙目になる私を見て焦ったアレクさんが、庇《かば》うように私の前に出てくれた。

その様子を見て、リクハルドさんがため息をつく。

「ああ、申し訳ありませんでした。まあそう硬くならなくてもよろしいですよ。元々聖女様に、あれもこれもと期待していたわけではありませんから」

「ふ、ふえ？」

ぷるぷると震える私に、リクハルドさんが困ったような顔をした。

「私が怖いですか？　この顔は元々なので、あまり気にしないでください。そこのアレクシスのように優しくもなければ紳士的でもありませんが、別にあなたをどうこうしようとは思っておりません」

「そうそう、リクの不愛想はいつものことだから気にするな。まぁ聖女殿が来てくれただけでもありがたいと思っているから、安心しろ。和平協定もそろそろ考えないとなと思っていたところに、人間族からこの提案があったものでな。ダメ元で聖女を望んだところ受け入れられたため、俺たちもまさかと驚いたのだ」

陛下が続いてそう説明してくれた。

つまり、獣人国がものすごく困っていて、それを聖女の力でなんとかしてほしいと乞われたわけではないってこと？

「エヴァリーナ様には大変迷惑な話だったとは思うのですが……。ですが、お力を貸していただきたいという気持ちも、もちろんあるのです。ただ、そこまで無理をする必要はないということです」

アレクさんも私の不安を解消しようと話してくれる。

でも、目論見ってことは、なにかを期待していたってことよね？　でも私があまりに幼いから無理だと。〝力が弱いから〟じゃなくて、〝幼いから〟。それってつまり……。

「ひょっとして、聖女と誰かを結婚させようとしてた、とか、だったり……」

ぽつりと呟くと、私の前に立っていたアレクさんがぐるりと振り返った。陛下とリクハルドさんは、驚いたように目を見開いている。

「ほう、年よりも賢く見えるという話は本当のようだな」

「へぇ、では誰と結婚させようとしたかはわかりますか？」

感心する陛下と試すようにそう尋ねてくるリクハルドさん。

誰と結婚って、そりゃぁ……。

「えと、国王陛下と、でしゅか？　たしか、まだ独身でちたよね？　そうでなければ、側近の方とか、陛下に近しい方と、かなって……」

聖女は私。そしてこの三人は陛下とその側近の方。……どう考えても。

「無理でしゅね」

「ああ、無理だな」

「ええ、無理なんですよ」

「難しいと思います」

四人の意見が一致し、三人がうんうんと頷くのを、私は微妙な気持ちで眺めていたのだった。

ちびっこ聖女、始動しましゅ！

「はいっ、できましたよリーナ様。今日もとってもかわいいですね！」

「そ、そうでしゅか？　ありがとうございましゅ、みりあ」

獣人国に来て、三日。私は今のところ、なんの不自由もなくのんびり暮らすことができている。ちなみにどこで暮らしているかというと……。

「エヴァリーナ様、お支度は終わりましたか？　ああ、かわいらしく整えてもらいましたね」

「あれくしゃん!?　いえ、その、そ、そうでしょぉか……？」

なんと、アレクさんのお父様が王城の敷地内にいただいているというお屋敷で、彼と一緒に住んでいる。この数日で、今のような返答に困る発言は多々飛び出しており、彼が天然タラシだということを実感させられている。

なぜこうなったかというと、それは先日の陛下との謁見の時まで遡る。どうやら宰相のリクハルドさんは、聖女と陛下を結婚させることで、魔力を持った子どもができるのではないかと考えたそうだ。

『エルフ族の魔力が高いのは周知のことですが、人間族の中でも聖女が生まれやすいのは、魔力の強い貴族の家柄が多いようです。聖女が子を成すことはあまりないようですが、数少ない、聖女を母に持つ子どもも、魔力が強いことが多いと聞きました』

遺伝ってことだよね。たしかにその可能性は高いと思う。私のお父様も、神官候補に選ばれるくらい人間族の中では高い魔力の持ち主だったし、現在の上級聖女のうちのひとりは、珍しく母親が聖女だったと聞いている。

『ですから、聖女と陛下の間に子が生まれれば、多少なりとも魔力を持つことができるのではと思ったのです。そうして血が繋《つな》がっていけば、魔力を持たない獣人族の中にも魔力を持つものが増えるのではと。まあ、それが叶ったとしても遠い未来にはなるでしょうが』

今後私が成長すればそういったことも可能ではあるが、今のところは保留にしているらしい。まあお相手をどうするかって話になるものね。

私と年が釣り合っていても、もし陛下に反発心を持っているような人との間に子が生まれたら、国として良いことにはならないもの。

元々この計画は、陛下、リクハルドさん、そしてアレクさんの三人の間だけで話していたことらしく、他の獣人には知らせていないらしい。

聖女の派遣を願ったのも、今までにない考えや知識、獣人族が持たない魔力などの力を借りて、獣人国が少しでも住みよい国になればとの考えからだと、公にしているのだとか。もちろんそれは嘘ではないが、だからといって聖女の力を特別期待しているわけでもないのだという。

『俺たち獣人は、自分たちの国が多少住みにくい土地だってことは理解している。だが、それでも俺たちはこの国が好きなんだ。それに、自分たちの暮らしに誇りも持っている。だから、聖女サマの御業で人間国のような気候の安定した土地にしてもらいたいだとか、生活をまるっと変えたいと思っているわけではない。まぁちょっとした困りごとの相談に乗ってもらえて、解決策が出てきたらなぁくらいに思ってる奴が多いだろう』

そう話してくれた陛下は、嘘を言っているようには思えなかった。

『私としては目論見が外れたのはとても残念なのですが。まあ年齢まで指定していなかったこちらの落ち度ですので、仕方がありません。それと、あなたを自由にさせてあげたい気持ちはありますが、そうもいかない事情もあります。そのため、この先のあなたの身柄は信頼できる人へと預けさせていただきます』

リクハルドさんはそう言うと、ちらりとアレクさんの方を見た。

『アレクシス、こちらへ向かう道中でずいぶん懐い……いえ、親しくなられたようなので、彼に任せることにいたしました』

『すみません、エヴァリーナ様。私も先ほど聞かされたばかりで……。こちらに来たばかりで不安も多い中、私などと一緒に暮らすのは、抵抗があるかもしれませんが……』

申し訳なさそうなアレクさんに、そんな滅相もありません！と慌てた。

リクハルドさんが言い直したのにはちょっとひっかかったが、そこには突っ込まずにおいた。

『当分の間は、王宮の敷地内にアレクの父親が所有している屋敷で一緒に暮らしてほしい。アレクなら変な間違いは起こらないだろうからな』

『……当然です』

アレクさんのお父様は、騎士団長なんだって。それでいて息子のアレクさんは隊長職で国王陛下の側近。次期騎士団長の呼び声が高いくらい、優秀な騎士なんだそうだ。

そんな方に私の保護者役なんてお願いしてもいいのだろうかとかなり戸惑ったが、断ることはできなかった。だって、アレクさんが自分では力不足でしょうかと眉を下げながら見つめてくるんだもの！

まあ、そんなこんなで私はアレクさんのところでお世話になることになったのだ。

「エヴァリーナ様、本日も読書をしてお過ごしになりますか？」

「あ、はいっ。今日は暖かくなるみたいなので、できれば日中はお外で読みたいなと思っているんでしゅが……。むじゅかしい、でしゅよね？」

私の保護者役……つまりお目付け役となったものの、隊長職に就いているアレクさんにはお仕事がたくさんある。

獣人族は頭脳派の者が少ないという話だが、だからといって聖女の私を利用しようとする者がいないとは言えない。たいした利用価値があるとは思えないが、アレクさんの目の届かないところでどこでもぷらぷらするのは迷惑になるだろう。

じっと長身のアレクさんを見上げると、なぜかアレクさんは顔を手で覆って固まってしまった。

「アレクシス様」

「あ、ああ、すまないミリア」

ミリアがつんつんとつつくと、アレクさんは我に返った。

「そうかわいらしいお顔でお願いされると、非常に叶えたくなってしまうのですが……。すみません」

かわいらしいと言ってくれるのは社交辞令だろうが……。そうだよね、このお屋敷内では自由にさせてもらっているんだもの。我儘《わがまま》は言っちゃ駄目よね。

「いいえ、無理を言ってしゅみましぇんでした」

アレクさんを困らせてしまったことを申し訳なく思い、頭を下げる。

「そんな、頭を上げてください。私がいつもお側にいられれば、多少は自由に出かけられるのですが……」

駄目だ、これ以上このやり取りを続けても、この優しくて責任感のある人が困るだけだ。

「気にしないでくだしゃい。私の今後については、考えておいてくだしゃるってことでしたし、だいじょぶです！　あっ、あれくしゃんそろそろお仕事に行く時間でしゅよね。がんばってきてくだしゃいね！」

そう言って少し強引だったが、会話を終わらせる。アレクさんも時計を見て、後ろ髪を引かれる様子ではあったが、そのまま仕事へと向かっていった。

「リーナ様……」

アレクさんを見送った後、ミリアも申し訳なさそうに耳を垂らした。

か、かわいい……！　って、違うか。

「みりあ、そんな顔しないでくだしゃい。私なら、だいじょぶでしゅから。クロヴァーラ国で読んだことのない本がたくさんありますし、お部屋で読めるだけでも十分でしゅ！」

「リーナ様……！　あのっ、今日の午後のお茶の時間は、とびきり美味しいお菓子を用意してもらいますからね！　ぜひ、本も持ってきて、日当たりのいいお部屋でいただきましょう⁉」

なんと、私を励まそうとミリアが素敵な提案をしてくれた。提案自体もとても心惹かれるものだが、私のことを思ってそんなことを言ってくれたことが、とても嬉しい。

「はい、楽しみにしていましゅね」

温かい気持ちになって、ふたりでほわりと微笑み合う。前世の私よりも年下だし、素直で一生懸命、かわいいミリアは私の癒しだ。

ぴこぴこと揺れる、ミリアのしっぽを撫でたくなる衝動をぐっと我慢して、私は屋敷の書庫へと移動する。

たしかに毎日屋敷に閉じこもっていて庭にも出られないのは少々窮屈だが、オーガスティン家でも似たような生活をしていたし、そんなに苦ではない。

とりあえずアレクさんの保護下で暮らす、ということが決まっただけで、私の今後については今、陛下と宰相であるリクハルドさんが考えてくれている。

陛下も、私を籠の鳥にするつもりはないと言ってくれたので、外出できないのももうしばらくの辛抱だと思っている。予想外に聖女がこんなちびっこだったものだから、予定を変更することも多いだろうし、色々と決めることが多いのだろう。

さて、今日はなんの本を読もうかなと考えながらミリアと一緒に廊下を歩いていると、窓の外に見慣れた姿があった。

「あら、カイだわ。今日も剣の素振り練習をしているみたいですね。あ、こっちに気付いた」

ミリアが手を振ると、カイはため息をついてこちらの方へやってきてくれた。窓を開けると、眉を顰めて私の方を見た。

「はぁ、今日も読書ですか、聖女サマ？」

「はい、かいも自主練習でしゅか？　えらいでしゅね」

この子は、カイ・ホール。この屋敷で働きながら、騎士を目指している男の子だ。紺色の髪に翠《みどり》の瞳、その頭の上とお尻には、立派なふさふさの耳としっぽが生えている。

彼は狼《おおかみ》の獣人らしく、幼い時にアレクさんに助けられて、それ以来ここで働かせてもらっているんだって。十二歳のカイはまだ騎士団には入れないため、こうして屋敷で特訓しているらしい。昨日なんて、アレクさんに朝稽古をつけてもらっていた。

「えらいですねって……。ちびのおまえに上から目線で褒められたくないんだけど」

「あ、ご、ごめんなしゃい……」

一生懸命なところがかわいいなと思って、つい。そうよね、かなり年下の私なんかに褒められてもって感じだよね。

「あーいや、別に謝らなくてもいいけどさ……」

しょんぼりしてしまった私に、言いすぎたと思ったらしく、カイは慌てて手を振った。焦ったのか、しっぽまでバタバタ振られている。

「すみましぇん、でも、本当にえらいなぁと思ったので。訓練のお邪魔してごめんなしゃい、がんばってくだしゃいね。あと、今日もお昼のお茶、一緒にいただきましょうね」

かわいいなぁと思いながら、ちゃっかりお茶のお誘いもしておく。この屋敷の中ではカイが一番私と年が近いということで、アレクさんから時々私の相手をしてやってほしいと頼まれているらしいのだ。

「お、おう……。まあ、行ってやってもいいけどさ！」

今度は照れているのか、しっぽがふるふると揺れている。

かわいい。かわいいよ……！　思春期でちょっと反抗期入ってるけど、実は優しくて突き放しきれない弟みたいでかわいいー‼

「ありがとうございましゅ。楽しみにしていましゅね！」

でれでれの笑顔でそう返すと、カイは顔を真っ赤にして、じゃあな！と訓練に戻っていった。

はあぁ、前世でも私、弟がほしかったのよね。お姉ちゃんとか呼んでもらいたい。いや、私の方が年下だから絶対無理なのはわかってるけど。

「リーナ様の笑顔って、最強ですよね～」

「え？　みりあ、なにかいいました？」

「いいえ、なにも。カイとも約束できましたし、行きましょうか」

やれやれといった様子のミリアに首を傾げながら、私は書庫へと向かうべく、再び足を進めたのであった。


カイとミリアの三人でお茶を楽しんだその日の夜、夕食の後にアレクさんが私を呼び止めた。

「エヴァリーナ様の今後について、陛下やリクハルドと大まかな方針を決めてまいりました。この後少しお時間を頂けたらと思うのですが」

おお、今朝はまだもう少しかかるかなと思ったのだが、皆さんなんて仕事が早いんだ。

そう感動しながらわかりましたと答えようと口を開きかけた時、ミリアがすみませんと声をかけてきた。

「口を挟むようで申し訳ありません。その、リーナ様はいつも夜のお支度をされるとすぐに眠くなってしまわれますので……」

そうだった……！

なにを隠そう、私は今五歳児である。そして早寝早起きが習慣化している。八時半にはいつもばたんきゅーなのだ。

そして今は七時半を過ぎたところ。あと一時間後には、おやすみモードに入ってしまう。

「お話が長くなるようでしたら、せめてお支度を終えた後の方が、すぐにお休みになれるのでよろしいかと……」

なるほど！　ミリアったら気が利く！

クロヴァーラ国にいた頃は、主人たちの会話に使用人が口を挟むなどありえないことだったが、この獣人国はそれほどマナーに厳しくないらしく、アレクさんもミリアの言動を気にすることなく、納得の表情をした。

「たしかにそうですね。エヴァリーナ様にご無理のないよう、ミリアの言う通りにしましょう。お疲れのところ申し訳ありませんが、お時間をいただいてもよろしいですか？」

なんて丁寧なんだ。私に関することなのだから、むしろ私の方がお時間とっていただいてすみませんと言いたいところなのに。

「もちろんでしゅ。あれくしゃんこそ、お疲れなのにすみましぇん。よろしくお願いしましゅ」

ぺこりと頭を下げる。そして顔を上げ、アレクさんと微笑み合う。本当に優しくていい人……！

「では、リーナ様のお支度を整えましたら、アレクシス様にお伝えさせていただきます」

「ああ、頼んだぞミリア」

そうして一度アレクさんとは別れ、ミリアに寝る用意を整えてもらう。アレクさんを待たせているので、さすがにいつもより急いでもらった。

「あ、えと、夜着でいいんでしょうか？」

「アレクシス様から、眠い中着替えるのも面倒だろうからと、了承を受けておりますので」

き、気遣いは嬉しいけど、私中身は一応大人なんだけどな！

少し恥ずかしい気持ちはあるが、こんな五歳児が夜着で現れたからといって、アレクさんがどうこう考えるわけもないかと口を閉じた。

クロヴァーラ国ならどれだけ幼かろうがはしたない！と言われるところだろうが、そこも獣人国は緩いのだろうか。

まあ前世でも、夕方にパジャマで宅配の受け取りなんかはしていたし、それほど気にすることでもないかもしれないけど。

でも相手が年頃のイケメンとなれば、さすがの私も多少の羞恥心というものが生まれるのだ。

「リーナ様、できましたよ。アレクシス様から、お部屋でお待ちしていますと言付かっております」

「え、あ、はいっ！　じゃ、じゃあ行きましょうか」

いいのかしらと思いながらも、私は夜着姿のまま、アレクさんの部屋へと向かった。

「失礼します。エヴァリーナ様をお連れいたしました」

ノックして、ミリアが扉を開けてくれた。すると中には、アレクさんだけでなく、なんとカイも待っていた。

カイは私の姿を見るなりぎょっとした顔になり、それから顔を赤くしてそっぽを向いた。青少年よ、こんなちびっこにそんな反応をしてくれてありがとう。

「おやすみ前に申し訳ありません。こちらにおかけください」

アレクさんはいつも通りの紳士的な言動で私をソファに座らせてくれた。そして私が腰を下ろすと、にっこりと微笑んだ。

「そういうリラックスしたお姿もかわいらしいですね」

ゴンッ！

「いってぇ……！」

「かい⁉　だ、だいじょぶでしゅか？」

なぜかカイが椅子の端に足をぶつけて悶絶した。アレクさんのしれっとした褒め言葉に一瞬どきっとしたが、カイの怪我で恥ずかしさが吹き飛んでしまった。

「落ち着きがありませんよ、カイ。さあ、あなたは私のうしろに」

私の向かいにアレクさんが座り、涙目のカイがそのうしろに立った。ちなみにミリアも私のうしろに立ってくれている。

「では、早速ですが本題に入らせていただきます。今後についてですが、陛下より、基本的にエヴァリーナ様のお心に添いたいとのお言葉を預かっております。しかし、国の事情もありますので、そのすり合わせをしていきたいと思っております」

最初にずいぶんと寛容な言葉をもらえたことにほっとしつつ、私はアレクさんの話に真剣に耳を傾けた。


「ええと、国民たちの様子を見て回るってことでしゅか……？」

「ええ、エヴァリーナ様がお嫌でなければですが。まずは、私たち獣人がどのように生活しているか、知っていただきたいなと思っております」

つまり視察ね。そして国民の困りごとを実際に見て、聖女の力で改善できることはないか、手を貸してほしいということだろう。

「お仕事でしゅね！　もちろん、やらしぇていただきましゅ！」

きらりと目が輝く。そう、実は獣人国に来てからこっち、ぐうたら生活を送っていた私は、体がなまっていた。

オーガスティン家にいた時は家庭教師をつけてもらって勉強をしていたし、神殿に入ってからはあれもこれもと忙しい毎日を過ごしていた。

しかし、ここでお世話になってからやっていることといえば、読書と睡眠と食事だけ。正直、物足りない。だから、なにかできることはないかしらとずっと思っていた。

「その、不安ではありませんか？　正直に申し上げますと、気性の荒い者や礼儀など知らない者と会うこともあるかと思うのですが……」

「だいじょぶでしゅ。あれくしゃんや、かいもついてきてくれるんでしゅから」

先ほどの説明の中で、アレクさんは私も一緒なのですが……を繰り返し言っていた。私が不安にならないように何度も繰り返してくれたのだろう。

やる気満々で拳を握りしめると、アレクさんは呆気にとられていた。

「はぁ。アレクシス様、こいつ、全然わかってないと思いますよ？　まぁ、俺たちがフォローしてやればいい話ですけど」

小さいからなにもわからないのだろうというカイに、アレクさんもそうですよねと苦笑した。

「でもな、人間族のいいとこのおじょーちゃんだったあんたにとっては、未知の世界だからな！　いいか、どんなことがあっても、恐がったり嫌な顔したりすんなよ？」

「だいじょぶです！　お約束しましゅ！」

ふんすと息巻く私に、カイは本当に大丈夫かよという顔をした。

たしかに貴族令嬢のお嬢様なら、獣人国の、それも市井の生活なんてギャップが大きすぎて、ひょっとしたら嫌悪感もあるかもしれない。

でも私には前世の記憶がある。動物たちへの耐性も。ちょっとばかり荒っぽい人がいても、アレクさんたちがいる。前世で色んなお客様の対応をしてきているし、ちょっとやそっとじゃ驚かないわ。

「せっかく獣人国にきたんでしゅから、私にもなにかお手伝いできることがないか、ちゃんと考えましゅね！　微力ではありましゅが、がんばりましゅ！」

「い、いえ、我々はまだエヴァリーナ様にそこまで望んでは……」

「アレクシス様、だめだ。こいつ全然聞こえてないです」

アレクさんとカイのやり取りなどまったく聞こえていなかった私は、初のお仕事にやる気をみなぎらせていたのだった。

ちなみにこの後、いつどこの町に行こうかという予定を立てている途中、おねむになってしまった私は、不覚にもソファの上で倒れてしまった。

そしてそんな私を、アレクさんが寝室まで運んでくれたのだということを明朝ミリアから聞き、私は真っ赤になって蹲《うずくま》ったのだった。

そのお困りごと、解決しましょぉ！

視察の話し合いから一週間、ついに視察当日を迎えた。

「リーナ様、体調はいかがですか？」

「はい、元気でしゅ。みりあも、今日はよろしくお願いしましゅ」

ミリアに身支度を整えてもらいながら、私は昨日のことを思い出していた。

視察前日ということで、陛下とリクハルドさんから、私と話がしたいと申し出があったのだ。

もちろん日がな一日暇な私に断る理由などなく、おふたりの都合に合わせ、アレクさんに案内してもらい謁見することになった。

『アレクから、なにやらずいぶん張り切っているようだと聞いてはいたのだが、どうやら本当のことらしいな』

『……遊びに行くわけではないのですからね？』

面白そうな顔をする陛下と、胡乱《うろん》な顔のリクハルドさん。対照的なふたりの表情に、アレクさんも苦笑いしていた。

たぶん、リクハルドさんはカイと同じことを懸念しているのだと思う。元貴族令嬢の私が、市井の獣人の生活を見て驚くんじゃないかって。

あの話し合いの後、私はミリアとカイに獣人国の市民たちの暮らしについて色々と教えてもらうことにしたのだが、想像していた暮らしとそんなに変わっていなくて、やっぱりなという感じだった。

ファンタジーの漫画やアニメでよく見る感じの暮らし。優雅なお茶の時間なんてものは普通にないし、みんな汗水たらして働いている。中には汚れた服で働いている人もいるし、農業や商いをしている人もいる。まあそれは現代日本で働く人も同じなのだが。

ただひとつ予想外だったのは、動物……というか、色んな生き物とかなり共存しているってこと。村や街には、犬猫だけでなく馬や羊にヤギ、なんなら蛇なんかも飼われているらしい。

〝飼われている〟という言い方もおかしいかもしれない。前世のペットのような感覚ではなく、獣人は様々な生き物の力を借り、また生き物たちも獣人に助けられて生きている。

そういえば道中に寄った街でも色んな生き物を見たなぁと思い出した。さすがに王城ではそんなにその姿を見ないが、獣人たちと契約を結んだ相棒のような存在、従獣というらしい生き物たちの姿は、ちらほら見かけたりした。

アレクさんにも、幼い頃から一緒に育った従獣の鳶がいる。

この前初めて会ったのだが、大きくて毛並みも揃っていて、すごく立派で強そうな子だった。ちょっとだけ触らせてもらって、すごくツヤツヤな触り心地に感動したものだ。

話しかけたのだが、返事はなかった。人見知りする子なのかな？　そういえば、神殿にいた時に怪我をしていて助けたあの鳥に、ちょっと似ていたかも。

そうそう、アレクさん自身も実は赤鳶の獣人なんだって。獣化すると翼が生えるらしい。絶対かっこいいよね。

話は逸れてしまったが、とにかく色んな生き物にも出会えそうだということで、密かにわくわくしている。実は爬虫類もそんなに嫌いじゃないし、ペットショップにも色々いて、お世話もしてたもんね。

今世は動物と会話もできるから、獣人だけでなく一緒に暮らしている生き物たちからも話を聞いて、ちょっとでもお手伝いできることが見つかるといいなと思っている。

リクハルドさんは最後まで心配していたけれど、陛下は『まぁ本人がやる気なのだから、気の済むまでやってみたらいいさ』と寛大な言葉をくれた。

聖女としてというよりも、こちらでお世話になる身として、多少は役に立ちたい。働かざる者食うべからずだ。

「はい、リーナ様できあがりましたよ。アレクシス様にお伝えしてきますね」

「ありがとうございましゅ。お願いしましゅ」

いよいよ出発だ。獣人国に来て初めてのお仕事、頑張ろう。

そう気合を入れて、私は立ち上がった。

陛下が用意してくれた大型の馬車に、アレクさん、カイ、ミリアの四人で乗り込む。獣人国に来る時はひとりだったけれど、仲良くなったこのメンバーで相乗りするのも楽しい。

窓の外を見れば、色々な風景が目に飛び込んでくる。

「木の葉が少し色づいていましゅね」

「ええ、獣人国には四つの季節というものがありまして、今は秋という、気温が下がり始める季節になります。木の葉は黄色や赤、オレンジや茶色に色を変え、やがて冬になると落ちてしまうんですよ」

外の景色は、まさに日本の秋の光景だ。

アレクさんの説明を聞いてさらに確信を持つ。やっぱり獣人国って、日本の気候に似ているみたい。

クロヴァーラ国にいた頃は、暑いとか寒いとか、そんなことを感じたことはない。さらに言えば、木々だって年中緑に生い茂っていた。

暮らしやすいといえばそうなのだが、季節の移り変わりの美しさを知っている身としては、ちょっと物足りない気持ちもあった。

不思議なものよね、夏の暑さに溶けそうになっていたり、大雪の日の除雪作業にうんざりしていた頃が懐かしい。

「リーナ様、驚かないんですね？　人間国ってたしか、紅葉なんてしないって聞いたんですけど」

不思議そうにミリアが首を傾げる。すると屋敷での私の生活を知るカイが、鼻で笑った。

「どうせ本で読んだんだろ？　マジで一日中本読んで過ごしてるんだもんな。信じられないぜ」

「あはは……まぁ、そんなところでしゅ」

さすがに前世で暮らしていたところがここと同じ気候で……なんて言えやしない。カイの言う通り、本で得た知識ということにしておこう。

「カイ、いくらエヴァリーナ様が許してくださったとはいえ、もう少し丁寧な言葉遣いをしてはどうですか？　あなたの妹ではないのですから」

「あ、す、すいません……」

どうやら恩のあるカイは、アレクさんに頭が上がらないようだ。ため息をつきながら窘められてしまい、しょんぼりと耳としっぽを垂らしている。

……かわいい。とはいえ、私のせいでカイが怒られてしまうのは申し訳ない。

「あれくしゃん、気にしないでくだしゃい。かいみたいに普通に話してくれるの、私嬉しいでしゅから。これからもぜひ、そのままの話し方でいてくだしゃい。えへへ、勝手にお兄ちゃんみたいだなっていつも思ってましゅ」

本当は弟と言いたいところだけどね。そこはほら、ねぇ？

にこにこと笑顔でそう答えると、カイは顔を真っ赤にした。

「な、な、な！　お、俺にはおまえみたいなふわふわした妹なんていねーよ！」

「〝ふわふわ〟って、かわいいってことですかー？　ふふふ、カイもすっかりリーナ様の魅力の虜ですね！」

「うるせーミリア！　おまえは黙ってろよな！」

まるで純粋な弟をからかうように、ミリアがにやにやと笑う。おお、なんか私たち、三兄弟みたいじゃない？

「……あなたたち、とても仲良くなりましたね」

そんな私たちを見て、アレクさんがぽつりと呟いた。

「アレクシス様ってば、嫉妬ですか？　大丈夫です！　お父さんポジションは空いてますから！」

びしっとミリアが親指を立てる。

お、お父さん？　アレクさんが？　それはちょっと……。

「……私はまだそんな年ではない」

そう言いながらもなんとなく寂しそうな顔をするアレクさんに、意外とかわいらしいところがあるんだなぁと思いながら、私は苦笑いを零した。


馬車に揺られて二時間ほど、ついに視察予定の村に到着した。

「わ、やっぱり少し肌寒いですね」

今回もまた、アレクさんに抱き降ろしてもらって外に出る。うう、久しぶりだけどやっぱり恥ずかしい。

ミリアはあらー！という顔をしているし、カイに至ってはなにしてもらってんだおまえ⁉って驚愕《きょうがく》の表情だ。私だって好きでこうしてもらっているわけではない。

恥ずかしさを押し殺して、集まってくれた村人たちの方を向く。今の抱っこショーを見ていた女の人たちに、羨望の眼差しで見られている気がする。

「ようこそおいでくださいました、聖女様」

村長っぽいおじさんが挨拶してくれて、他の村人もそれに倣って頭を下げた。こういう聖女扱いには慣れていないので、どう反応していいのか戸惑ってしまう。

「こちらの方が、聖女エヴァリーナ様だ。今回は獣人国の暮らしを知ってもらおうと視察に来ただけなので、肩に力を入れず、普段通りに過ごしてもらいたい」

アレクさんは村人たちにそう告げると、私に目配せをした。挨拶をどうぞということだろう。

「はじめまして、エヴァリーナと申しましゅ。まだこちらに来て間もないので、色々と教えてくだしゃい。できるだけお邪魔にならないようにしましゅので、よろしくお願いいたしましゅ」

実は先日アレクさんから、最初に会った時に貴族風の挨拶をされて驚いたと聞いていたので、今回はちょっと簡素に、ぺこりと頭を下げるだけにしておいた。

さてどんなお話が聞けるかなと期待して顔を上げると、村人たちは揃って目を見開いて固まっていた。

あれ、なんかこれ、デジャヴなんですけど。

「あ、頭を下げるなんてとんでもないことです！　それに、我々のような者に直接お声がけくださるなんて……！」

「そうです！　お邪魔だなんて、そんなこと」

村人たちは我に返ると、慌てふためいてしまった。

こ、こんな普通の挨拶も駄目だったの……!?

つられるように私まで驚いていると、それを見かねたカイが、私にそっと耳打ちしてきた。

「王城の人間はともかく、ここにいるのは全員ザ・平民だ。聖女サマってのも、〝人間国の強い魔力を持った偉い人〟って認識でいる。まだ小せぇとはいえ、我儘なお嬢様が来るだろうって思われてたのかもな。獣人の、それも平民の自分たちとは、直接話をするのも嫌がるだろうって思ったんじゃないか？」

そういうこと!?　聖女、どれだけ性格が悪いと思われているんだ！

予想以上の印象の悪さに、くらりと目眩がする。

いやいや、気を取り直して、そんなに魔力は強くないけどまぁ嫌な奴ではないなと思ってもらえるようにしないと。

「あの！　私、できれば皆しゃんと仲良くなりたいなと思ってましゅ。だから、よろしくお願いしましゅ！」

もう一度、勢いよく頭を下げる。

ここで敬遠されるようになれば、話を聞くことすらできなくなってしまう。それはまずい。仕事ができないもの！

「あ、頭を上げてください！　その、聖女様のお気持ちはわかりましたから」

まだ遠慮している感じはするが、私の必死さが伝わったのか、村人たちはそう返事をしてくれた。

よし、あとは……。

「それではまず、その〝聖女様〟っていぅの、やめていただけましゅか？」

すっごく他人行儀だし、聖女様なんてガラでもなければ、たいした実力もないもの。

「名前は長くて言いにくいと思うので、りーなと呼んでいただけると嬉しぃでしゅ！」

私の提案に、村人たちは戸惑った。いいのか……？という呟きも聞こえる。

さすがにちょっと行きすぎだったかしらと思ったところで、アレクさんが一歩前に出た。

「リーナ様がこうおっしゃっているので、どうかそのように」

柔らかな笑みを浮かべたアレクさんがそう言うと、女性たちがぽっと顔を赤らめた。

「ど、どうする？　呼んじゃう？」

「隊長さんもそう言ってるし、いいのかな？」

おお、これはいい流れだ。自らがそう呼んでみるとは、アレクさん上手い！　そう心の中で拍手を送る。

すると今度は、ミリアが私のうしろから声を上げた。

「警戒するお気持ちもわかりますが、リーナ様のお言葉に偽りはありません。実際、侍女の私もそう呼ばせていただいておりますし」

今度は男性たちが頷く。

「侍女のお嬢さんも自然に呼んでたし……いいのかもな」

「そ、そうみたいだな」

ミリア、グットタイミングだわ！

さすがだわ～とこれまた心の中で賛辞を送っていると、今度は思わぬところからも声が上がった。

「俺もけっこう砕けた話し方してるけど、この聖女サマ、怒ったりしないぜ。ぽやぽやしてるし、まだ子どもだからな。聖女の権限でどうこうっていう考えすらないと思うぞ」

……カイ、それは褒めているのかしら？

ちょっとだけ引っかかるところはあったものの、カイのこの言葉にはお年寄りや子どもたちも心を動かされたようで、村人たちの表情から緊張が弱まっていくのがわかった。

「で、では……「りーなさま！」

村長さんが口を開いた時、ひとりの子どもが元気な声で私をそう呼んだ。

「リーナさま？　かわいい！　お人形さんみたい！」

「私の名前に似てない？　あの、私、リリナっていうんです！」

「リーナさま、よろしくー！」

無邪気な子どもたちが次々と私の名前を呼んでくれる。みんな耳やしっぽをぴこぴこさせて。か、かわいい。私なんかとは違う、純粋なちびっこ（しかも耳としっぽ付き）の素直な言葉。

「はい、こちらこそ、よろしくお願いしましゅ。りりなしゃんってお名前なんでしゅか？　本当におそろいみたいでしゅね！」

子どもたちの温かい声に、自然と頬が綻ぶ。よかった、少しは受け入れてもらえた、かも。

そんな子どもたちと私のやり取りを見ていた大人たちも、くすっと笑った。

「それではリーナ様、むさくるしいところではありますが、どうぞよろしくお願いします」

「ありがとうございましゅ！　お仕事、がんばりましゅ！」

アレクさんやミリア、カイにありがとうと笑顔を向けて、私はいよいよ視察をスタートさせたのだった。

「うーん。やっぱり、変えた方がいいところがありましゅね」

「そうか？　でも、一般市民の暮らしなんてこんなモンだぞ」

視察をスタートした私は、とりあえず村全体を見て回ることにした。すると、ある程度の予想はしていたが、魔力もなければ科学技術もない獣人族の暮らしは、現代日本の生活と貴族の生活を知っている私にとっては、不便に思うことが多かった。

しかし、不便とかは置いておいて、一番気になったこと。それが水だ。

当たり前のことなんだけど、蛇口を捻るとすぐに水が～なんてことはない。そして獣人国のほとんどの土地には、井戸なんてものがない。

クロヴァーラ国をはじめとする人間国には、綺麗な水の湧く井戸がそこかしこにある。衛生検査なんてものを行ったことはないが、お腹を壊したことはないし、水が原因で病が広がったとかいう話も聞いたことがない。だからある程度は綺麗なんだと思う。

そして獣人国の王都には、珍しくいくつか井戸がある。たぶん、水が安易に確保される場所に王都を作ったんじゃないだろうかと思っている。ただ、この村をはじめとする獣人国の多くの土地には井戸が存在しておらず、村人たちは川で水を汲《く》んだり、雨水を溜めたりしているらしい。

実際に川を見に行ってみたが、たしかに目立って汚れてはないし、割と透明度も高くて一見飲んでも大丈夫そうだった。でも、現代日本で暮らしていた記憶のある私には、安易にこの川の水を口にしようとは思えなかった。

そして村人たちに話を聞けば、井戸のない町や村に住む獣人は腹痛を起こすことがまままあるとのこと。

……それって、水のせいじゃない？　衛生的にどうなのよ。そう思わずにはいられなかったのだ。

「エイセイ？　って、なんだ？」

「知らない言葉ですね」

「私も知らないです」

カイ、アレクさん、ミリアの三人に聞いてみたのだが、まずもって衛生的とか不衛生っていう言葉すら存在しないのだと衝撃を受けた。

でも、菌とか繁殖とか、そんな話をしても、科学の発展していないこの世界ではきっと一蹴されてしまう。

「えっと、これはたぶん、聖女の私だからわかるのかもでしゅけど……」

だから、私は聖女という立場を利用することにした。聖女だからわかる。便利な言葉である。

とりあえず、人や空気、自然や物体には、目で見えないくらい小さなものが存在しており、私たちに良い影響を与えるものもあれば、害を与えるものもあるのだということを伝えた。

「病気の原因もそうでしゅ。体に悪いばいきんのせいで、人から人、獣人から獣人へと病気がうつったりするんでしゅ」

病気にたとえると、たしかに……と三人は頷いてくれた。家族が風邪をひけば普通にうつるし、感染症だってこの世界にもあるもんね。

「で、その体に悪いばいきんが、川の水とか雨には入っているので、お腹が痛くなるんでしゅ。王都の獣人たちがあんまりお腹を下さないのは、井戸水にはばいきんが少ないからじゃないかなぁと」

「なるほど……。エヴァリーナ様は、博識ですね」

ひと通りの話を聞いて、アレクさんが私をきらきらした目で見てきた。前世では大人なら誰もが知っている知識なので、そんなことを言われても苦笑いしか返せない。

「でもさ、水って大事じゃん？　ちょっとくらいのハライタが起こるくらい、仕方ないだろ。水を飲まないと生きていけねぇし」

カイの言うことももっともだ。前世でも、そう言って汚れた水を飲んでいた貧しい国の人たちがいる。

話を聞くと、それで村人が命を落とすようなことはないみたいなので、獣人は人間よりもそういう菌を分解する力に長けているのかもしれない。ほら、動物って床に落ちたものも食べるし、その辺の水たまりの水を舐めたりもするけど平気だもんね。

「でも、大事な時にお腹が痛くなったりするのって、嫌じゃないでしゅか？　あと、風邪をひいた時なんかは、たぶんそういうばいきんの影響も受けやすいのかなって……。それに、お年寄りや子どもがお腹痛くなりやすかったりしましぇんか？」

私がそう言うと、三人は押し黙った。やっぱり、そうだろうね。

「でも、どうしたら……」

「安心してくだしゃい！　私に考えがありましゅ！」

暗い声のミリアに、私は元気に答えた。えっへんと、ない胸を反らして。

「ばいきんが入ってるなら、取り除けばいいんでしゅ！」

「取り除くって……目に見えないようなちっせぇもん、どうやって……」

カイが眉を顰める。

うん、そう思うよね、でも大丈夫！

「皆しゃん、私は聖女でしゅ」

「……知ってる」

胡乱な顔のカイに、アレクさんとミリアも頷く。

「私、実は聖女としての力は、そんなに強くありましぇん」

ちびっこの私にそこまで期待はしていなかったのか、三人は特に驚かなかった。よかった、まずここでがっかりされるかもと思っていたので、そうだろうね〜くらいに思っていてほしい。

「でも、そんなちっさいばいきんくらいなら、やっつけるモノ、作れましゅ！」

にっこりと笑う。すると、三人は目を見開いた。

「でも、ひとりじゃ作れないので、皆さんにも手伝ってもらいたいでしゅ。いいでしゅか？」

こてんと首を傾げると、まずミリアがぱあっと表情を明るくさせた。

「もちろんです！　私にできることなら、なんでも言ってください！」

「そうですね。お役に立てるなら、なんなりとお申し付けください」

アレクさんもまた、笑顔を返してくれた。

そしてカイも。

「～～っ、しょうがねぇなあ！　おまえみたいなぽやぽやしたお嬢サマひとりじゃ、なんもできねえだろうから、手伝ってやるよ！」

「かい、ありがとうございましゅ！　では、名付けて〝ろかそーち大作戦〟、はりきってやってみましょう！」

なんだよそれ……と呆れた目をするカイを、戸惑いながらもアレクさんが窘めてくれ、ミリアがそれを笑った。そんな和やかな雰囲気が嬉しくて、私もまた、笑い声を上げたのだった。

「ふぁぁぁ！　かいってば、すごく器用だったんでしゅね」

「ええ、実は屋敷の細々とした修復も、カイが率先してやってくれているのですよ」

「スキル持ちは違いますねぇ」

〝濾過《ろか》装置・異世界バージョン〟の実現のために、私は意外にも工作が得意だというカイにお願いして、試作品を作ってもらうことにした。

作業をするカイのうしろから覗《のぞ》き込んでいた私とアレクさん、ミリアの会話に、カイは顔を真っ赤にしてぷるぷる震えた。

「うるせぇな！　黙って見てられねぇのかよ！」

怒られてしまった。しかしそれが照れているだけだということはわかっている。

だって、耳がぴこぴこ動いてしっぽも落ち着かなそうにそわそわしている。かわいいなぁ。

うるさいと言われたので生温かい目で静かに見守っていると、今度は「顔がうるせぇんだよ！　もうどっか行ってろ！」と言われてしまった。

「仕方がありましぇんね。では、私たちはあちらで別のものを作りましょぉ」

すごすごとカイから離れて部屋の隅へと移動する。

それにしても、顔がうるさいって面白いこと言うなぁ。

「ぷぷ、面白かったのに残念です。でも、本当にカイってば器用でしたね」

「彼は〝工作《クラフト》〟のスキル持ちですからね。本人はあまり人に教えていないようですが」

アレクさんが言うように、カイは〝工作〟というものづくり系のスキルを持っているらしい。

スキルとは、獣人だけが持つ能力で、その種類は多岐にわたる。剣技、槍術《そうじゅつ》などといった戦闘系の能力もあれば、カイのようなものづくり系のものもあるし、魅了《チャーム》・覇気など精神に影響を及ぼすようなものまであるらしい。

アレクさんは剣技や飛行のスキルを持っているんだって。そんなことを教えてくれながら、スキルについて説明してくれた。

「気に入ってないんでしゅか？　すごく素敵なすきるだと思うんでしゅけど……」

そう尋ねると、アレクさんは苦笑いを零した。

「本人は、戦闘系のスキルがほしかったみたいです。ほら、屋敷でもよく剣の練習をしているでしょう？」

そういえば騎士を目指してるって言ってたもんね。そっか、カイは強くなりたいんだ。前から思っていたけれど、それって……。

「きっと、あれくしゃんに憧れて、でしゅよね？」

にっこりと笑うと、アレクさんが眉を下げてそうでしょうかと言った。

アレクさんは謙遜しているんだろうけど、きっとそうだろうな。幼い頃にアレクさんに助けられたって話だし、憧れのヒーローなんだろう。

「ふふ、素敵でしゅね」

「本当に。今度、練習中に差し入れでも持っていってあげましょう」

ミリアとふたりでこそこそと話していると、「おい、なにか言ったか!?」とカイが声を上げた。

なんでもないと答えると、カイは変な顔をしていたが、すぐに作業を再開させていた。

「さて、かいだけにがんばってもらうわけにはいきましぇんからね！　ここからは私もがんばりましゅよ！」

むん！と腕まくりをして気合を入れる。聖女の力を使うのは、久しぶりだ。

濾過には様々な方法があるが、日本人なら一度は理科の実験で使ったことがあるだろう〝濾紙〟が一番簡単だと思ったので、この方法を参考に、私は〝濾布〟を作ることにした。

「はい、リーナ様。言われた通りの布を用意しました」

「ありがとうございましゅ、みりあ」

ミリアにお願いしておいたのは、できるだけ目の細かい布。これに聖女の力を付与して、殺菌の効果もつける。そしてその布に水を通せば、殺菌された清浄な水ができるというわけだ。

なぜ布なのかというと、紙よりも布の方が手に入りやすいから。上質な紙は、獣人国では高価なのだ。

それに、紙は使い捨てになってしまうが、布なら何回も使える。布自体に殺菌効果がついているため、カビたりもしない。まぁ、詰まったゴミなんかは洗って取らなきゃいけないし、個人的には何度か使ったら新しいものに変えた方がいいとは思うけど。

それと、細かい網目のものでないと小さな砂などが通ってしまう可能性があるため、布ならなんでもいいわけではないのは注意点だ。

普通の濾過は液体の中の不純物を取り除くだけで、飲むためにはその後煮沸の必要があるが、その手間も省いちゃいましょうということで、〝濾過・異世界バージョン〟となる。

「では、いきましゅ」

久々なのでちょっと緊張するが、目を閉じて掌に魔力を集中させる。そうして魔力が集まったのを感じたら、そっと布に触れ、魔力を流していく。

物体に魔法を付与するのは、そう難しいことではない。下級聖女の中でも見習い中の見習いだった私でも、ポーションや魔石は作ることができていた。

「……はい、できました」

銀色の魔力を帯びた布は、見た目は先ほどと特に変わらない。でも、効果はちゃんと付与されているはず。

「で、あとはかいの作った容器に取り付けるだけなんでしゅけど……」

「おう、今できたぞ」

ちらりとカイが作業する机の方を見ると、ちょうどできあがったところらしく、カイが立ち上がってスキルで作ったものを持ち上げた。

「わぁ！　かい、すごいでしゅ！」

「ホント、けっこうちゃんと作られてるわね」

カイの持っているものを見て、ミリアとともに感心する。

「そ、そんなたいしたモンじゃねえよ。その辺にあるものを組み合わせただけだし」

そうカイは謙遜するが、いやいや、なかなかの出来だと思う。

私がカイにお願いして作ってもらったものは、もちろん濾過装置となるものだ。〝濾過装置〟と言うと、仰々しいものを想像してしまうかもしれないが、なんならペットボトルでも作れるものだからね。

もちろんこの世界にペットボトルなんてものはないので、水を溜めておけるような容器で作ってもらった。

カイはとても賢くて、私が絵に描きながらこういう仕組みのものを作りたいのだと説明すると、それなら材料はあれとこれが使えそうだなと、すぐに材料を確保し、作成に取り掛かってくれた。

使ったものは、木製の大きなタライのようなものをふたつと、ザルのような鉄製の網、これだけだ。

ひとつのタライは底を抜き、もうひとつのタライとの間に私が魔法を付与した布を敷き、タライとタライをくっつけるような感じをイメージしていたのだが、カイはそこにひとつ手を加えていた。

「水の中には、石や砂なんかも混じってるからな。布の前に、この網目の細かい網でそれを取り除いた方が、布が汚れにくくなるだろ？　何回も使うなら、できるだけゴミはその前に取り除きたいからな」

なんと、私の拙い説明を聞いて、カイはすぐに濾過装置を理解し、繰り返し使うためのちょっとした気遣いを形にしてくれたのだ。タライの間に挟む布の少し上部に、鉄製の網が張られていた。

「かい、すごすぎましゅ……！　感動でしゅ！」

「なるほど、考えましたね」

「そ、そうですか？　ありがとうございます……」

私はともかく、アレクさんに褒めてもらえたのは嬉しかったようで、カイは照れながらアレクさんにお礼を言った。もちろんしっぽはぴこぴこと揺れている。

そんな姿をミリアとふたりで微笑ましく思いながら見ていると、それに気付いたカイが顔を赤らめて咳《せき》払いをした。

「と、とにかくここにその布を挟めばいいんだろ⁉　ほら、やってみろよ」

「あ、はいっ！」

カイに促されて、タライの間に布をあてていく。ちなみにこのタライ同士は元々同じ大きさなのだが、下部のタライの側面を削って、上部のタライが蓋を閉めるように、すべてではなく少しだけ被さるようにしてくれている。これならタライ同士が滑ってズレたりしないし、布も外れにくくなる。

「これでよし、と。では一度水を上から流ちてみまちょぉ」

私の合図で、ミリアが川で汲んでおいてくれた水を濾過装置の上から流し入れてくれた。勢いがよいと零れてしまうので、ゆっくりと。

「……こうして改めて見ると、けっこう砂とか小石が混ざってるんですよね。私も地方にいた時は、できるだけ飲み込まないようにしてたけど、途中でガリっ！とか、あったんですよね～」

「だよな。網の上にも少し残ってるし、布の隙間にも砂がちらほら見えるな」

川の水や雨水を飲んだことがあるのだろう、ミリアとカイが真剣な表情で見つめている。いや、小石とか砂はザルで濾《こ》すだけである程度取れるでしょ。

「獣人はけっこう面倒くさがりが多いですからね。口に入ったら吐き出せばいいと思っている者が、ほとんどです」

私の考えを読んだかのように、アレクさんが苦笑いをしてそう説明してくれた。

なるほど、獣人国のお国柄ってやつね。

「バイキンとやらが取れたかはわからねぇけどな。見えないくらい小さいんだから、そりゃそうだけどさ」

「あ、そう、でしゅね……」

カイに言われてはたと気付いた。目に見えて綺麗になったとか、即効性があるとか、そんな感じじゃないと、人は新しいものを続けようと思いにくいものだ。

……いや、厳密にいえば人じゃなくて獣人だけど。でも、面倒くさがりが多いって言ってたし、この作業すらも面倒がってやってもらえない可能性が……！

「ど、どうしましょう。そこまで考えていましぇんでした！」

「大丈夫です、エヴァリーナ様」

おろおろする私に、アレクさんが優しく微笑んでくれた。

「そこはほら、あなたの発案だからしばらくの間続けてみようと伝えれば、八割がたの村人はやってくれると思いますよ。先ほどぐるりと村を回って歩いた際に、ずいぶん村人たちの心を掴《つか》んだみたいですから」

え？と首を傾げる。アレクさんはいったいなにを言っているのだろう。

「たしかに。最初こそ恐れ多いって感じの人もいましたけど、エヴァリーナ様が獣人どころか村の動物たちを躊躇《ためら》いなく撫でている姿を見て、態度が軟化してましたし。トカゲに話しかけている時は、私でもびっくりしましたもの！」

「だ、だって、みんなとっても人なちゅっこくて、かわいかったんでしゅ！」

そう、私は村を見て回っている時に、色々な生き物ともちゃっかり触れ合いタイムをとっていた。

だってみんなとってもかわいくて、おしゃべりで、楽しかったんだもの！　思わずあの子もこの子もと、なでなでしてしまった。

そして獣人の子どもたちも、まるで友だちのように接してくれるようになって、そこでひとりの子が、今お母さんがお腹が痛くて寝てるんだと話してくれたのだ。

「ま、そうだな。あの母親が腹痛で寝込んでるって子どもなんかは、率先してやってくれるかもな」

「それに、元々各家にはある程度水を溜めておく水瓶や桶《おけ》があるものです。それに入れるのも、このろかそーちに入れるのも、さほど変わりはないでしょうから、このろかそーちを配ればやってくれると思いますよ」

カイとアレクさんの言葉に、少しずつ気持ちが浮上する。

「で、では、私は布に魔力を付与しまくりましゅから、かいはたくさん装置を作ってくだしゃい！」

「じゃあ私は村を回って、家で使っている水瓶や桶をここに持ってくるように伝えてきますね！」

「では私はここに来た村人たちに、水と腹痛に関係があり、エヴァリーナ様が綺麗な水を作るためのろかそーちを作ってくれるという話をしましょう」

ミリアとアレクさんがそう申し出てくれた。

……なんか、みんなで力を合わせてるって感じがして、嬉しい。

「ありがとうございましゅ。皆さん、よろしくお願いしましゅ！」

みんなの気持ちが嬉しくて、私は満面の笑みでそれに応えたのだった。

「ふあああぁ。さすがに、疲れましたね……」

「お疲れ様でした、リーナ様」

その日の夜、村中の濾過装置を作って配り終えた私は、食事とお風呂もそこそこに、宿泊する部屋のベッドに倒れ込んだ。出先なので、ミリアも同室で色々とお世話してくれている。

「でも、村人たちみんな嬉しそうでしたね。王城から来た偉い人たちが私たちのために……！って涙目のご老人もいらっしゃいましたよ」

「ああ、私もびっくりしちゃいました。慌ててハンカチを渡したら、もっと泣いちゃって」

厳密にいえば、この中で本当に偉いのはアレクさんだけなんだけどなと思いながら、求められるがままに握手したりもした。

「あのお母さんが腹痛だっていう子も、お父さんと来てくれていましたね。早く治るといいですね」

「ほんと……、みんな、喜んでくれ、て、嬉し……」

まずい、もうそろそろ限界。瞼《まぶた》が重くて、もう、目を開けていられな、い……。

「おやすみなさいませ、リーナ様」

ミリアがくすっと笑みを零した気配がした。そして私に毛布をかけてくれた。

「あり、がと、みりあ……」

「────────よ？　リーナ様」

ミリアがなにを言ったのか聞き取れないまま、眠気が限界を超えた私の意識は、そのまま深いところに沈んでいったのだった。


そして翌日。身支度を終えた私が、ミリアとともに部屋を出ると、そこにはもうすでにアレクさんとカイが立っていた。

「あ、おはようございます。すみましぇん、お待たせしました」

もしかして寝坊しちゃった⁉と焦った私だったが、なぜかふたりは困ったような苦笑いを浮かべていた。

もしかして昨日の水のことでなにか……⁉

苦情が来たりしたのかしらと思い口を開こうとすると、実は……とアレクさんが先に話し始めた。

「ええと、実は、村人たちがエヴァリーナ様にお会いしたいと朝から何人も訪ねてきておりまして……」

やっぱり苦情⁉

「あ、謝らないといけないなら、私ひとりで行きましゅから、皆さんはここで待って……」

「なんで謝るんだよ。意味わかんねぇ」

涙目になった私のところに、カイが近付いてきた。

「逆だよ逆！　みんな、お礼が言いたいんだってよ！　ほら、あの母親が腹痛の子どもも来てたぞ」

呆れた様子のカイの言葉に、私はどういう意味なのかと首を傾げた。

「おまえ、本当に鈍感だな……。わかった、丁寧に説明してやる。あのろかそーちとやらで作った水、あれがめちゃくちゃ好評で、美味い上にあの母親の腹痛も治ったみたいだぞ」

え？

「そのまま飲むだけでも美味しい上に、料理に使ってみたら、その料理も普段と比べようがないくらいに美味しくなったそうですよ。ああ、腹痛だった母親も、子どもと父親とともにぜひ直接お礼が言いたいと言っていました」

ぽかんと口を開け、間抜けな顔をしていたであろう私を見て、アレクさんがカイに続いてそう説明してくれた。

「え、えと、私はどうちたらいいんでしょう……？」

予想外すぎてなにも考えられない私に、三人はぷっと吹き出した。

「素直にお礼の言葉を受け取ればいいんですよ！　なにも難しいことじゃありません。ね？　昨晩言ったでしょう？　きっと今日は忙しくなりますよ？って！」

そう言って破顔するミリアに、私は戸惑いながらもこくんと頷いたのだった。

包み隠さず、全部話しましゅ

初めての視察を終え、私たちは王都へと帰還した。それから三日経ち、私は陛下とリクハルドさんに視察の報告をするため、登城することになってしまった。

私の話なんかを聞かなくても、すでにアレクさんが報告をしていたのでそれで十分なのではと思ったのだが、どうやら私本人に色々と聞いてみたいとのことらしい。

「そんなに緊張しなくても、大丈夫ですよ。陛下もリクハルドも、今回のことをとても喜んでいましたから」

「そ、そうでしゅか？　私、色々聞かれてもちゃんと答えられましゅかね？」

たしかに初めて挨拶した時も視察の前も、陛下は気さくな感じだったが、それでも一国の王様だ。何度目だろうと身構えてしまうし、緊張しなくていいと言われても無理な話である。

前回も前々回もなかなかの緊張具合だったが、今回は余裕を持って時間を取ってくれているらしく、茶でも飲みながらと言われた。

お茶の席!?と私が慌てふためいたのは、言うまでもない。

オーガスティン家にいた頃にひと通り習っていたため、お茶の席でのマナーは知識として知っているものの、実際にお茶会に参加した経験がないため、失礼なことをしないかと不安でいっぱいだ。

「報告会などと堅苦しく思わず、陛下の休憩に同席するような気持ちでいいかと。あの方はこちらが無理矢理休ませないと、際限なくお仕事されていますから、付き合って差し上げてください」

アレクさんがそう言って苦笑する。

王様って忙しいんだろうなとは思っていたけれど、本当に大変なんだな。そんなことを考えていると、約束の貴賓室に着いてしまった。

アレクさんが衛兵に軽く礼をし、扉をノックする。すると中から「入れ」とくぐもった声が聞こえてきた。

「失礼します」

「ああ、わざわざ悪かったな。座ってくれ」

中に入ると、陛下はリクハルドさんとともにソファで寛いでいて、私とアレクさんに座るよう促してくれた。

陛下の向かいのソファに、アレクさんとふたり、並んで腰をかける。そして、ミリアは扉の側で控えてくれている。

このふたりが一緒でよかった。ひとりじゃないだけマシよね。

どきどきしつつ、私は簡単にではあるが陛下とリクハルドさんに挨拶をした。陛下は硬くならないでいいと言ってくれ、王城の侍女たちはお茶の用意をしてくれた。

お茶。マナー。粗相しないように。その三つが頭の中をぐるぐると回る。うう、お茶の味がしない……。

そんな私とは裏腹に、陛下はかなりリラックスした様子でカップを手に取り、お茶を飲んでいる。

「別に、マナーがどうとか、幼いあなたに指摘するつもりはありませんから、肩の力を抜いてください。外交の場ならともかく、このメンバーで堅苦しくお茶を飲む趣味はありませんから」

なんと、リクハルドさんもそう言って私を気遣ってくれた。

たしかに三人ともマナーを気にする様子もなく、ただ純粋にお茶とお菓子を楽しんでいる感じだ。それなら、ちょっとだけ、気を緩めてもいいのかな？

少しだけほっとして、お茶をひと口飲む。先ほどと違って、お茶が美味しく感じられる。少しだけ甘いのは、幼い私に合わせて砂糖を入れてくれたのかもしれない。

その様子に陛下はくすりと笑うと、私を見て口を開いた。

「聖女殿、どうだ？　少しはこの国での暮らしに慣れてきたか？」

「えと、はい。アレクしゃんが色々と気遣ってくださるので、穏やかに過ごせておりましゅ」

ミリアのお世話も完璧だし、食事だって魔物食ばかりにならないよう配慮してくれているのがわかる。

あまり外には出られないが、最近は読書以外にも、屋敷に住んでいる使用人の従獣たちともふもふタイムを楽しんだりしている。猫とか犬とか、あと馬のお世話も今度させてもらう約束をしている。

「ははっ、そうらしいな。アレクから、我が国の聖女殿は、ずいぶんと生き物好きらしいと聞いているぞ」

「ええと、昔から、動物とか生き物が好きだったので……」

どうやらアレクさんは、陛下に私のことを色々と話しているらしい。まぁそれはそうか、保護してくれているのだから、定期的な報告は必要よね。

いまいち自分が聖女様だという自覚がないため、そういうことは忘れがちになる。アレクさんのお屋敷でもかなり自由に過ごさせてもらっているけど、もう少し自覚を持って行動した方がいいのかもしれない。

改めてそんなことを考えていると、目の前の陛下と隣のアレクさんが、口元を押さえてぷるぷる震えているのに気付いた。

ん？　笑ってる？　なにか私、おかしなことを言ったかしら？

軽く首を傾げると、私の斜めにあるソファに座っていたリクハルドさんが、ため息をついた。

「陛下、アレクシス」

「す、すみません……」

「ぶっ！　ははははは！」

リクハルドさんに名前を呼ばれ、アレクさんはすぐに謝ってくれたのだが、陛下は吹き出すように声を上げて笑った。

「ふ、ふふっ、聖女殿、〝昔〟って、あなたの昔とはいつのことを言っているんだ？　あれか？　ちょっぴり背伸びをして大人びたことを言ってみたいオトシゴロってやつか？」

「あ」

そうだった、つい。

なんとなく前世の子どもの頃から動物が好きだったんです的なニュアンスで話していたが、今の私は五歳のちびっこだった。

「へ、陛下、そのようなことは……。こほん。それに、たしかにエヴァリーナ様は、同年代の子どもよりも聡明で思慮深い方です」

アレクさん、咳払いをして気持ちを落ち着けた風を装っていますけど、さっきまで笑いを堪えてたの、ちゃんと知ってますからね？

「ま、まぁたしかにな。だが、ふっ、ふふっ、くくくっ」

陛下、もう笑いを堪えるの諦めましたね？

「……そのあたりで。さすがに聖女様がおかわいそうです。さて、そろそろ視察先での話をお聞きしてもよろしいでしょうか？」

ジト目でふたりを見つめていると、やれやれといった様子のリクハルドさんが、本題に入りましょうと空気を変えた。

それから、私は視察先でのことをひと通り話した。はじめはちょっと戸惑いがちだった村の人たちとも、子どもたちのおかげで親しくなれたこと。この王都周辺とは違う、水事情。そして時折起きる腹痛の原因が水にあるのではと思い、濾過装置を作ることにしたこと。

「ふん、アレクの報告と一致しているな。それにしても、なぜ原因が水だと思ったんだ？　それとその〝ろかそーち〟とやらも。どこで知った？　なぜ幼いおまえがその仕組みをそれほどまでに理解しているんだ？」

私を疑うような陛下の鋭い目に、びくっと肩が跳ねる。いつもの大らかな空気じゃない。まるで獲物を狙う獣のような目が、金色に光っている。

「陛下、エヴァリーナ様が怯えております。もう少し、穏便に……」

「あ、ああ、すまん。ついクセで……」

その迫力にぷるぷる震えていると、アレクさんが気付いてくれて背中を撫でてくれた。手袋越しだが、その優しい撫で方に少しだけ恐怖心が和らぐ。

「……すみましぇん。ありがとうございましゅ、あれくしゃん」

「大丈夫ですよ、陛下は別にあなたを脅そうと思っているわけではありませんから」

穏やかなアレクさんの微笑みにほっとする。陛下も謝ってくれたし、アレクさんもこう言ってくれているから、大丈夫なのだろう。

落ち着きを取り戻しふとリクハルドさんの方を見ると、私たちを見て、うわぁ……という顔をしていた。そして陛下はというと、ガシガシと頭を掻《か》いて気まずそうだ。

「あーなんだ、おまえがそんなに過保護だとは知らなかったぞ。だが、今のは俺が悪かったな。すまない、聖女殿」

「あ、だ、だいじょぶでしゅから頭を上げてくだしゃい、陛下！」

なんと国王陛下に頭を下げさせてしまった。慌てて身を乗り出してそう言うと、陛下は眉を下げながら顔を上げた。

「いや、俺たちは感謝しているんだ。それなのに怖がらせてしまって、本当に悪かった」

「え？　感謝、でしゅか？」

目をぱちくりさせると、陛下は今度は苦笑いした。

「それはそうだろう。おまえが提案してくれたろかそーち、おそらくあっという間に国中に広まるぞ」

え？と驚くと、陛下はにやりと笑った。

「……あなたが視察に行かれたあの村では、毎日ろかそーちを使って飲み水を作っているそうですよ。そして、村人たちは大層健康に過ごしているそうです。誰ひとり腹痛を起こすことなく。それだけでなく、村に住む生き物たちも生き生きとしているそうですし、あの水を飲むようになってから毛ツヤがよくなったと主に女性たちが喜んでいるらしいですよ」

リクハルドさんがそう淡々と説明してくれた。よかった、みんな元気なのねとほっとする。それに濾過装置の使用を続けてくれているということも、大変ありがたい話だ。

「水については、正直俺たちも気にしないわけではなかったのだが、どうしても後回しになっていたんだ。時々腹痛が起こるとはいえ死ぬわけではないし、俺たち獣人は動物たちの血も濃いから、多少汚れた水でも飲めないことはないからな」

たぶん、それ以上に解決していかなくてはいけないことが多いのだと思う。たしかに昔からそうして暮らしてきたわけだし、生死に関わらないことはどうしても優先順位が低くなってしまうのだろう。

「だが、おまえが考えてくれたあのろかそーちで解決するとわかったからな、できればすぐにでも大量生産して広めていきたいと思っている」

「ちなみにカイにも協力をお願いしました。あとはエヴァリーナ様からの許可を頂ければ、すぐにでも動くことができます」

陛下とアレクさんの真剣な眼差しに、私は迷わず頷いた。私にできることで獣人たちのためになるなら、迷う必要などないから。

「もちろん、お手伝いさしぇてくだしゃい。布さえ用意していただければ、魔力を付与させてもらいましゅ」

「そうか」

私の返事に、目に見えて陛下とアレクさんがほっとした。断られるかもって思ったのかな。

「もちろん布はいくらでも用意する。もしよかったら王城内に作業する部屋を用意させるが、嫌ならアレクの屋敷に運んでも構わない」

「でも、付与したものをまたこちらに運ばないといけましぇんし、手間になりましゅよね？　私がこちらに参りましゅから、ご用意をよろしくお願いします」

それから私たちは、作業する時間や必要な道具など、色々と話し合った。

それと、カイも王城の技術職の人たちと一緒に、私と同じ作業場で濾過装置を作ってもらうことになった。もちろんミリアも私についてきてくれるし、気心の知れた人がいるのは安心よね。

私でも役に立てることが見つかったのが嬉しかった。それに、こうして話し合うことが思いの外楽しくて、私はすっかり気を抜いていた。

話が一段落したところで、私がカップを手に取り、お茶を飲もうとした時。

「それで、どうしてあなたは誰も知らないような、そんな知識をお持ちなのですか？」

「ぶっ！　ごほっ、けほっ！」

油断していた時にリクハルドさんにそんなことを聞かれ、私は思わずお茶を吹き出しそうになってしまった。

大丈夫ですかと隣のアレクさんが背中を撫でてくれて、なんとか落ち着いたが、リクハルドさんの疑うような視線は冷たい。

どう誤魔化そう。いや、誤魔化せる？　いやいや、こんないかにも賢そうな一国の宰相様を欺くようなこと、私なんかにできるわけがない。

「ええと、しょれは……」

たらりと冷や汗が流れる。こうして口ごもっている間も、リクハルドさんのブルーグレーの瞳は、一瞬たりとも私から逸らされることがない。たとえそれらしいことを言っても、きっと嘘だと見抜かれてしまうだろう。

リクハルドさんは銀狐《ぎんこ》の獣人だって聞いた。狐《きつね》ってたしか、記憶力がよくて聴覚・視覚ともに優れていたはず。あとはイメージだけど、化かし合いとかめちゃくちゃ強そうだよね……。ぴんと立った銀色の毛並みの耳と、鋭い視線。きっと私の小さな仕草ひとつからでも、違和感や嘘を見つけ出してしまうだろう。そんな人を相手にするなんて、どう考えても勝てる気がしない。

「……あの、今からものしゅごく突拍子もない話をしゅるのですが、変に思わず、最後まで聞いていただけましゅか？」

自然と俯いてしまっていた私は、すべてを話そうと観念して顔を上げた。アレクさんは心配そうな表情をしていたけれど、大丈夫ですという気持ちで小さく笑う。

そうして陛下に視線を移し、最後にリクハルドさんを真っ直ぐ見つめる。

「……嘘か誠かは、話を聞いてから判断いたします。どんな内容だろうと決して馬鹿にするようなことはしないと、お約束しましょう」

「ありがとうございましゅ」

リクハルドさんの言葉からは、私を侮るような色はまったく感じなかった。そのことに感謝しながら、私は前世のことと転生してからどう生きてきたのかを話すべく、ゆっくりと口を開いたのだった。


「――と、こんなところでしょぉか。これで皆しゃんの疑問が解消しゃれるといいのでしゅけど……」

しーんと、部屋が静寂に包まれる。誰もなにも言わない。

そりゃそうだよね、転生だの前世だの、ここじゃないまったく別の世界だの。馬鹿にしないとは言ってくれたけれど、信じられないと思われてしまうのは仕方のないことだ。

その長い沈黙を最初に破ったのは、アレクさんだった。

「ずいぶんと、辛い思いをたくさんされてきたのですね」

ふわりとした優しい微笑みからは、疑いも嘲りも感じられなかった。

「ずっと、不思議でした。あなたは見た目はもちろん、口調も年相応に幼いのに、時折とても大人びた表情をする。それに、会話の内容も子どもとは思えなかった。聡明だからなのだろうかと思っていましたが、これで納得がいきました」

まるで私の心の不安を溶かすような、優しい声。

「ろかそーちも、ここはまったく別の世界の知識だということを聞いて、なるほどなと。あと、我々にあまり恐怖心を感じていない様子なのもそうですし、普通の人間族なら敬遠しそうな生き物にも躊躇いなく触れる姿に驚いていましたが、前世からの動物好きで、そういうご職業だったというなら納得です」

「あれくしゃん……」

私の話を信じてくれたのだとわかり、じんわりと胸が温かくなる。

獣人国に来てから、アレクさんはいつも優しかった。もしかしてこんな話をしたら、変な目で見られるんじゃないかって不安もあったけれど、そうじゃないって思えるような優しい表情に、泣きそうになる。

「……おい、そこでふたりの世界を作るのはやめてくれるか？　あーなんだ、その、先ほどは笑って悪かったな」

声がした方を向くと、陛下がぽりぽりと頬を掻いていた。

「なるほど、たしかにおまえに前世の記憶があるなら、〝昔〟などという言葉を使ってもおかしくはないいな。……というか、もしかしたら前世と今世を合わせたら、俺たちよりも年上かもしれないということか……？」

気付いてしまった……！という驚愕の表情をする陛下に、私はぽかんとする。

気になるところはそこなの……？

そう思ったら、なんだかおかしくなってきた。駄目だ、笑っちゃいそう。

「おい、笑うなよ。アレク、リク、ひょっとしたら俺たちは、このちっこい聖女殿よりも未熟者かもしれんのだぞ？　今日から、それ相当に敬い奉った方がいいのか？」

くすくすと笑いが零れてしまった私を見て、陛下もにやりと笑った。そして陛下は、リクハルドさんにおまえはどう思うと促した。

「……脈拍も呼吸も異常は見られませんし、嘘を言っているようにも誤魔化しているようにも思えませんね。まあ、あえて言うなら不安はあったようですが。……しかし今は、それもあまりない」

え。今、脈拍と呼吸って言ったよね。狐は視力と聴力に優れているとは聞いたが、まさかそこまでわかるなんて……ちょっと怖い。

「怯えなくても大丈夫ですよ。ここぞという時くらいにしか〝視て〟いませんから」

どうやら私は頬を引きつらせていたらしい。私のちっぽけな聖女の魔力なんかよりも、リクハルドさんの方がすごい能力なのではないだろうか。

「話はずれましたが、私も特に疑問点などありません。むしろすべて合点がいってスッキリしました。あなたが正直に話してくださったので私も正直に言いますが、私はずっとあなたを怪しいと思っていました。幼い姿で油断させる、人間国のスパイなのではと思ったこともあります。……ですが、今の話を聞く限り、特別人間国に未練があるわけでもなさそうですね？」

「未練がなにもないというわけではありましぇんが……。クロヴァーラ国に特別な思い入れがあるかというと、そうでもないといいましゅか……」

あの国に残してきた気にかかることは、私だって少ないなりにある。ビアードやメリィもそうだし、わずかな期間だけれどお世話になったお姉さん聖女たち。この国に来るまで付き添ってくれた、侍女と護衛の騎士。

この世界の両親のことがぱっと思い浮かばなかった私は薄情かもねと、苦笑する。

「たしかに客観的に見れば、私は不遇だったかもしれないでしゅね。でも。仕返ししたいとか、そんな気持ちはありましぇん。だからといって絶対に戻りたい場所かといえば、そうでもないでしゅけど」

だから、別に気にしてはいない。私の両親は前世のふたりだと思っているし、こちらに生まれ変わって五年間、寂しいと思ったこともない。

それなりに心の支えはあったし、動物たちと話せることで楽しい時間もたくさんあった。

「なので、スパイだなんてことはありましぇん。いえ、ありえましぇん。もう私は、あの国との関わりを一切断たれていましゅから」

両親が私を心配するようなことはないし、手紙のやり取りなんて神殿に入ってからも一度もない。向こうの国王陛下から私を気にかけるような書状が届いたという話もないし。まぁ魔力もたいしたことないし、使い捨ての下級聖女がひとりいなくなったくらい、どうということもない話だろうしね。

にっこりと笑う。自嘲的な笑みだったのかもしれない。私を見る三人の目が、痛ましいものを見るようだったから。

「ですから私、嬉しいんでしゅ。あちこちにいる動物たちと関わるのももちろん楽しいでしゅし、お屋敷のみんなもとても優しい。それに、この前視察に行かせてもらって、こんな私にもやれることがありそうなんだってわかったんでしゅもの。もっとやれることがあるといいなと思いますし、今私、毎日がとっても楽しいんでしゅ！」

だからそんな風に眉を下げて、悲しい顔をしないでほしい。

「……おまえの気持ちはわかった」

ひとりでべらべらしゃべってしまったかなと思っていると、陛下がはあっと深いため息をついた。

「そんなことを言ってくれるなら、俺たちはおまえをとことん自国の獣人と同じ扱いをするぞ？」

「！　はいっ！　お願いしましゅ！」

陛下の苦い顔とは裏腹な嬉しい言葉に、思わず勢いよく返事をしてしまった。

だって今のって、自国の国民として私を扱ってくれる、ってことだよね？　そんなの、嬉しすぎる！

「それでいいか、リクハルド？」

「ええ、私は構いません」

陛下の問いに、リクハルドさんも頷いてくれた。もう私を見る目に、疑いの眼差しは感じられない。

「エヴァリーナ様、よかったですね」

温かい眼差しのアレクさんに、笑顔で応える。うん、本当に嬉しい。

「皆さん、改めまちて、これからもよろしくお願いしましゅ！」

この国の、この優しい人たちの力になりたい。

そんな気持ちを込めて、私は深々と頭を下げたのだった。

＊　＊　＊

「はぁ」

「深いため息ですね。そんなに難しい書類ではないと思うのですが」

エヴァリーナとのお茶会を終えた後、獣人国国王であるエルネスティは、執務室で仕事を再開させていた。そしてある書類を手に取るとまじまじと眺め、眉を顰めていた。

そんなエルネスティの様子に、リクハルドはあえてなんでもないことのように言葉を返す。

「……おまえ、あのちび……じゃなかったな、あの聖女殿のこと、どう思った？」

「どうとは？　抽象的すぎてどんな意見を求めているのかよくわかりませんね」

獣人は基本、脳筋な者が多い。野蛮だの獰猛だのと言われる所以はそれだ。

しかし、銀狐の獣人であるリクハルドは違った。考えるよりもまず手が出てしまう者がほとんどである獣人の中にあって、彼は珍しく頭脳派タイプだった。

「あのな……俺がそういう、繊細な言葉選びが苦手なこと、知ってるだろ」

「まあ、存じておりますが。ですがあまりにも広い意味にとれる言い方だったので。好感を持ったかとか、これからどう接していけばいいと思うかとか、せめてそんな風に聞いていただけますか？」

リクハルドの正論に、エルネスティはうーんと頭を捻った。しかし適切な言葉が出てこない。

「陛下、そう悩みすぎず……。リクハルド、おそらく陛下は、あなたの中でエヴァリーナ様の印象がどう変わったのかを聞きたいのではないでしょうか？　そして自国の民と同じように扱うとは言ったものの、どこまであの方に踏み込んでいいのか迷っていらっしゃる」

助け舟を出したアレクシスに、エルネスティはそれだそれ！と頷く。そんなエルネスティに苦笑しながら、アレクシスは再びリクハルドの方を見る。

「あなたは立場上、エヴァリーナ様のことを最後まで怪しんでいましたからね。先ほどのやり取りを見る限り、もう疑っていないのは本当でしょうが……」

「あなたときたら、すぐにあの聖女様に懐かれて警戒を解いてしまいましたからね。まったく、『あの方はたぶん大丈夫だ』などと確証のないことを言われて、あの時は呆れましたよ」

その時のことを思い出して盛大なため息を吐くリクハルドに、アレクシスは苦笑いした。

「……今までは、まさかあのような事情を隠していたとは、思いもしませんでしたからね。疑わざるを得なかったのですよ」

エヴァリーナの過去。

異世界で暮らしていた記憶があるという彼女が、誰も知らない知識を持っていることは納得した。年齢の割に思慮深いのも、なぜ獣人をそこまで怖がらず、貴族令嬢だった割に生き物たちに慣れ親しんでいるのかも。

……そして、エヴァリーナが前世の両親を亡くした悲しみを乗り越えて、この世界で幸せになりたいと心の底で思っていることに、三人は今日の話を聞いて気付いていた。

「誰かの役に立ちたい、そう思っているのだと思います。あの方はおそらく、そうでなければ自分が捨てられるのではないかと、心のどこかで思っている。利用価値がなければ、自分なんてと思っている可能性もありますね。そして、心根がとても優しいゆえに、誰かを憎むこともできないのでしょう。両親から関心を持たれず放置されて育ち、聖女に認定されてからも利用されるように働かされ、結果、平和協定のための生贄として差し出される。普通、そんな境遇に陥ったら、誰かを憎んでも仕方ありませんし、もっと捻くれた性格になりそうなものですが」

「おまえみたいにか？」

珍しく長々と話すリクハルドをからかうように、エルネスティが口を挟む。そんなエルネスティを、リクハルドはじろりと睨《にら》んだ。

「……私とあの方は違う。一緒にしないでください」

リクハルドがそっぽを向いてしまい、アレクシスはまあまあと宥《なだ》めた。

「しかし、リクハルドがそこまで言うのであれば、やはり私の直感は当たっていたということですね。エヴァリーナ様は悪い人間ではない。獣人国の民たちと同じように扱うと言われて、あのように喜ぶとは」

人間、それも高貴な生まれで聖女という特別な存在の者が、ただの獣人と同じ扱いを喜ぶなんて、普通はありえないことだ。

それでもエヴァリーナがあのように喜んだのは、彼女がこの国での暮らしを心から気に入ってくれているからだということがわかる。たぶん、母国での暮らしよりも、ずっと。

「前世のご両親の育て方がよかったのでしょうね。それに、あの方は最初から、我々に優しかった。私は、この国に来てくださったのがエヴァリーナ様でよかったと、心から思っていますよ」

含みのあるアレクシスの言い方に、事情を知っているエルネスティはそうだったなと笑った。

「おまえの大事な奴を助けてくれた、恩人だったな」

「ええ、心から感謝しております。……まあ、彼女のことだけではないのですが」

またもや気になる言い方をするなと、エルネスティとリクハルドは首を傾げた。短い期間とはいえ、この中で一番エヴァリーナと過ごす時間の長いアレクシスだからこそ、思うところがあるのだろう。

「あの方は、本物の聖女だ。私は、自分の直感を信じていますよ。まぁ、予想外だったこともありましたが……」

今まで穏やかな表情でエヴァリーナについて語っていたアレクシスだが、そこで初めて少し困ったような顔をした。

「うん？　なにか問題でもあったのか？」

「それならば早めに言ってくださいよ。あなたは獣人の中でも比較的温和な性格をしていますが、本質はそれほど皆と変わりませんからね。わからないことをそのまま放っておかないで、私に教えてください」

難しいことを考えるのは自分の役目だというリクハルドに、アレクシスはそうではないのだと慌てて否定した。

それならばなんなのだと疑いの眼差しを向けられ、アレクシスは渋々口を開いた。

「いや、前世のエヴァリーナ様は、私たちと同い年で亡くなられたと言っていたでしょう？完全に幼い少女だと思って接してしまったのですが、中身は大人の女性だと聞いて……その、思い起こせば年頃の女性を相手に、色々と不適切な言動をしてしまった気がして」

「なんだそんなことか」

「今さらですね」

思っていた以上にくだらないことだったと、エルネスティとリクハルドは呆れた。

「おまえ、純粋なちびっこが相手だとしても、あの過保護ぶりは異常だったぞ？」

「鳶は子育てをしっかり行う傾向にありますが、あれは少しやりすぎですね」

そんなふたりの反応に、さすがのアレクシスも少しだけむっとした。

「あなたたちにはわからないかもしれませんが、私はけっこう悩んでいるのですよ！　容易に触れたり、頭を撫でたりしてしまって、もしかして嫌がられていたのではと……」

「さ、馬鹿なアレクは放っておいて、仕事に戻るぞ」

「はい。ああ、アレクシス、ひとつだけ忠告しておきましょう」

真面目に聞こうとしないふたりだったが、リクハルドはなにかに気付くと、すぐに神妙な面持ちでアレクシスの目を見た。

そんなリクハルドの様子に、アレクシスもつられて真剣な表情になる。向かい合って、リクハルドはゆっくりと口を開いた。

「間違いだけは犯さないように」

「ああ、たしかに。中身は大人でも、しっかり五歳児だからな！　気を付けろよ」

「…………なにを馬鹿なことを言っているのですか、あなたたちは……」

こちらも思っていた以上にくだらない忠告だったなとアレクシスは脱力し、もうエヴァリーナは寝ただろうかと、窓の外の月を眺めながら考えるのだった。


(今夜は月が綺麗ですね)

仕事を終え、王城の廊下を歩いていたリクハルドは、ふと窓から見える月を見上げた。

(あのふたりと出会ったのも、こんな月の夜でした)

そして自身の生い立ちを振り返り、目を閉じる。

リクハルドは銀狐の獣人だ。狐の獣人は珍しくないが、変異種である銀狐はかなり珍しい存在で、その能力の高さも獣人族の中では有名である。

それゆえ、リクハルドは大切に守られ育てられてきた。……両親が亡くなる、その日までは。

事件性のあるものではない。ただの事故だった。そう、仕方のないことだったのだが、わずか五歳だったリクハルドにとって、大好きだった両親の死は、そう簡単に納得できることではなかった。

しかし天は、リクハルドに両親の死を悼む時間など与えてはくれなかった。稀少な銀狐の獣人であるリクハルドを狙う輩が現れたのだ。

リクハルドは逃げた。獣人には珍しい銀髪と目立つ容姿。こんな姿形でなければと、自身を恨むこともあった。そうして逃げて逃げて、ある月の夜、運命の出会いを果たしたのだ。

当時王太子だった、エルネスティ。幼い頃からやんちゃだった黒豹《くろひょう》の獣人である彼は、その日の王太子としての勉強を終えた後、幼馴染みのアレクシスとともに城を抜け出していた。

赤鳶の獣人であるアレクシスに、自分を連れて飛んで抜け出せ！と無茶振りをしたのだ。はじめこそ首を振っていたアレクシスだったが、強引なエルネスティに断りきれず、結局獣化して近くの町まで飛んで出かけることになった。

そうして夜まで町を楽しみ、月が出るような時間になってしまったことに、真面目なアレクシスは慌てた。早く帰らないと皆が心配すると。

その時、エルネスティはなにかの臭いを感じた。今までに感じたことのない、不思議な感覚に、臭いのする方へとたぐり寄せられていった。

臭いのするその先、町外れの草むらに、〝彼〟はいた。ボロボロだったけれど、珍しい銀髪と美しい容姿は、隠しようがなかった。

一方でリクハルドはもうすべてを諦めていた。見つかったのは、身なりのよい同年代の少年たち。食べ物や飲み物くらい持ってきてくれるといいな、くらいに思っていた。

黒髪と赤髪の少年たちは、なにやら揉《も》め始めた。もう意識が朦朧《もうろう》としていて、話している内容もよく聞き取れない。騒がしいなと思いながら、それまで薄く開いていた目を閉じかけた時。

『絶対戻ってくるから、待ってろ。死ぬなよ！』

偉そうな声が、耳にこだまする。そうして赤髪の少年は翼を生やし、黒髪の少年を連れてどこかへ飛び立った。

『待ってろ、死ぬな』その力強い言葉が、リクハルドの胸にじんと響いた。もうどうでもいいと思いかけた自分にかけられた、〝生きろ〟。

両親の死の後、〝絶対〟なんてあるわけがないと思っていたのに、彼らは絶対に戻ってくると、なぜか信じられた。

リクハルドは、最後にもう一度だけ、彼らを信じて、生きてみようと思った。そう思ったら、つうと頬に涙が流れた。

そして一刻ほど後、翼を持った少年がリクハルドを迎えに来た。

ああ、自分は助かるんだ。そう安心して月を仰ぎ、リクハルドは意識を手放した。


（懐かしいことを思い出してしまいましたね）

ふうと息をつき、リクハルドは再び廊下を歩き始めた。

なぜこんなことを思い出したのか。その理由に、リクハルドは見当がついていた。

「自身の境遇に似ていると同情してしまうのは、人間も獣人も同じなのでしょうかね」

リクハルドはそうぽつりと零し、初めて王城に連れてこられたあの日から自分の部屋となった、エルネスティの自室の向かいの部屋へと歩いていくのだった。

ご飯を食べないと、元気出ましぇんよ？

陸下たちとの四者面談から一カ月、アレクさんたちにすべてを打ち明けた私は、晴れ晴れとした気持ちで毎日を過ごしていた。

「おい、そろそろ付与し終わったか？」

「あ、かい。はい、ちょうど終わったところでしゅ」

濾過装置の作成も順調である。作成チームにはカイも加わっており、こうして一緒に作業をしている。

カイはチームの中でも色々と意見を述べて、大人たちを驚かせている。前から思っていたんだけれど、カイってば賢いし、けっこう鋭いことを言うんだよね。子どもながらの柔軟な発想も持っていて、それでいて工作のスキルを生かした技術力も高く、すっかりチーム内ではなくてはならない存在になっている。

この濾過装置を国中に広めるために大量生産をしているのだが、実はその最中にカイがぽつりと零した意見により、新しい発明品が生まれた。まあ、発明品というか、実は私にはなじみ深いものだったんだけれど……。

作業中、カイが指を切ってしまったことがあり、私が『バイキンが入ったら大変でしゅ！』

と言って魔法で治した。初めて見る魔法に周りの大人たちが驚く中、カイはじっと傷があった場所を凝視していた。

そして、『なあ、傷にもバイキンが入るのか？』と聞かれたため、バイキンは空気中にいて、どこにでも存在しているし、体内に入ることもままあり、それが原因で色々な病気になるし、傷口に入れれば傷が悪化するのだと説明した。

『……なら、ろかそーちの布を傷口に貼れば、悪化を防げるってことか？』

つまり、前世でいう〝絆創膏《ばんそうこう》〟のことである。もちろんこの世界にそんなものは存在していない。

それなのにそのことを思いついたカイは素晴らしい発想の持ち主だと思う。

作成チームの大人たちも同じことを思ったようで、素晴らしい！　やってみよう！と大盛り上がりになった。そして早速試作品を作り、怪我人がよく出る騎士団の訓練場へと持ち込んだ。

するとこれが大当たり。傷の治りが早くなったとか、ぐじゅぐじゅした汁が出なくなったとか、騎士たちから大評判になった。

……まあ、ぐじゅぐじゅした汁が出ないように、まずはちゃんと傷口を流水で洗おうよとは思ったけれど。

そんなこんなで訓練場に出入りするようになって、騎士たちとも少し親しくなれた。国境から私をここまで連れてきてくれた騎士たちとも再会して、けっこう楽しんでいる。

そうして濾過装置作成チームは、新製品開発チームと名前を変えた。日常のちょっとした困りごとなどを取り上げて、私の知識や力を使って解決できる道具を作れないだろうかとみんなで考えている。

私が付与できる魔法は弱いものだと伝えていたのだが、その微弱なものでも十分ありがたい！　こんなこともできるのでは⁉とチームのみんなは私の魔力の弱さをちっとも気にしていないようだ。

クロヴァーラ国にいた頃は、上級・中級の聖女たちがすごすぎて自分なんてと思っていたけれど、こんなちっぽけな力でもみんなの助けになれているのかなと、温かい気持ちになっている。

アレクさんには、私の力に頼りすぎではないか、無理してはいないかと心配されたが、今のところそんなに負担を感じていない。元々魔法を付与するには限界があるし、陛下とリクハルドさんからも無理させないようにと開発チームのみんなに伝えてもらっているため、ちゃんと休みを取りながらやっているもの。

まあおかげさまで夜はぐっすりだけれど、達成感のある疲労というか、とにかく体に負担がかかっている感じはしない。

それに、日がな一日読書をしたりぼーっと日向ぼっこをして過ごすよりも、よほど精神的には気が楽だ。前世の勤勉な日本人としての記憶が残っているせいか、やはりなにもしないで養われているだけの身というのは心苦しい。

それに、開発チームの獣人たちとも親しくなれたし、その従獣たちと休憩時間に戯れるのも楽しい。

ちなみに動物と話ができることは、一カ月前に陛下たちに伝えており、転生のことはともかく、それくらいなら皆に知られてもいいのではないかとのことで、カイをはじめとして開発チームのみんなも知っている。私が従獣とおしゃべりしていると、生温かい目で見られるのが、なんとなく気恥ずかしい。

しかし、ほどよく働き、動物たちに囲まれて癒しの時間も持てる今の生活は、正直言って最高だ。

「おい、なにぼへっとした顔してんだよ。ほら、付与し終わったやつ、こっちにくれ」

「あ、ごめんなしゃい。よろしくお願いしましゅね、かい」

なんとなくだけど、カイも生き生きしている気がする。騎士を目指してるって言ってたけど、こういう仕事も向いてそうだよね。

まあなんにせよ、カイはまだ十二歳。すぐに将来を決めなくてもいいだろう。選択肢は多い方がいいし、色々なことを経験するのもいいことだと思う。

「……なんだよ、にやにや顔でこっち見んなよ！」

「あ、ごめんなしゃい。そんなに変な顔、してました⁉」

知らねーよ！と言い捨ててカイは魔法を付与した布を抱えて自分の作業机に戻ってしまった。

成長を微笑ましく思う姉のような気持ちになっていたのが、表情に表れてしまっていたらしい。

「カイってば、素直じゃないんですから。リーナ様、変な顔なんてしてませんでしたから、大丈夫ですよ」

あの日一緒に話を聞いていたミリアだが、こうして以前と変わらない態度で接してくれている。時にはお姉さんのように頼もしく、時には妹のようにかわいらしく、とても信頼できる存在だ。

「まあお年頃ですからね。リーナ様は気にしなくていいと思いますよ？」

ミリアの言う通り、カイくらいの年頃の子はなにかと気難しいものだ。男の子だし、いくらかわいらしいと思っても、自分より幼いちびっこにそんな風に思われても嬉しくないだろう。

あまりダダ洩《も》れしないように気を付けよう……と思った時、扉がノックされた。

「おつかれさまです、エヴァリーナ様」

「あれくしゃん。おつかれしゃまです」

とててと扉の方に駆け寄り見上げると、アレクさんは腰を落として目線を合わせてくれた。

「昼食をご一緒できないかと思って訪ねたのですが、いかがですか？」

アレクさんはこうして時々昼食を誘いに来てくれる。忙しいと帰りが遅くなって私の話を聞けないから、せめて昼食の時間にということらしい。

中身が大人だと知っているはずなのに、少し過保護なのでは？と思わなくもないが、その気遣いはありがたいし、一緒に食べる時間はとても楽しいので、お言葉に甘えさせてもらっている。

「ちょうど今作業がキリのよいところで終わったので、大丈夫でしゅ！　あ、かいも一緒にどうでしゅか？」

アレクさんを尊敬しているカイを誘ってみる。先ほど損ねた機嫌を直してもらおうという下心がないとは言わないが、みんなで食べた方が美味しいもんね。

「……や、俺はいいや。こっちでみんなと食べるからさ」

断られてしまった。そっけないカイの態度に、アレクさんも目を丸くしている。

「そ、そうでしゅか？　じゃあまた、後で。みりあ、行きまちょぉか」

チームのみんなに声をかけて、三人で作業場を出る。そして今日もアレクさんが普段書類仕事をする際に使用している部屋へと向かう。

季節は冬に入りかかったところだが、春になったら庭園で食べましょうねと約束しており、季節の花々が美しいというその光景を楽しみにしている。

「今日はリクハルドもご一緒させてほしいと言っていました」

「りくはるどしゃん、今日はちょっと余裕があるんでしゅかね？　一週間ぶりでしゅよね」

「クレバー卿はいつもお忙しいですからね。休憩時間をちゃんと取るのも大切なことですよね！」

リクハルドさんとも、あの日以来少しずつ距離が近付いた気がする。時々お昼を一緒に食べることがあるのだが、態度が軟化したとすごく感じる。一週間前なんて、お仕事頑張っていますねと声をかけてくれた。

いつも忙しくしている人からの〝頑張っていますね〟という言葉は、すごく重みがあるというか、褒められてとても嬉しい。褒めてもらうために頑張っているわけではないが、やっぱり認めてもらえるってすごく嬉しいことなんだなと実感している。

「それと、クリスも後ほど来る予定です」

「え！　くりしゅもですか⁉」

その名前に、ぱあっと目を輝かせる。

クリスとは、アレクさんの従獣である赤鳶のことだ。本当はクリスティーナという名前の女の子なのだが、愛称のクリス呼びをさせてもらっている。

はじめこそクリスティーナと正式な名前で呼んでいたのだが、断られてしまったのだ。そんな女々しい名前よりも、クリスの方が自分に合っているからと。

ただ、私の舌足らずではちゃんと発音できないのだが、それはそれでかわいらしくてよいと言われてしまった。それはどうなんだろうと思わなくもなかったが、呼ばれる本人がそうしてほしいというので、そうさせてもらっている。

女の子なのに凛々しくてかっこいいクリスは、当然のように毛並みも素晴らしく優美な姿をしている。アレクさんの肩に止まっていると、すごくかっこよくて絵になるんだよね。

「ああ、リクハルド。お待たせしてしまいましたか？」

「いえ、私も今来たところなので大丈夫ですよ」

部屋に着くと、リクハルドさんがもうソファに座って書類に目を通していた。やっぱり忙しいんだろうなと思いながら、こんにちはと挨拶をする。

今日のお昼ご飯は、サンドイッチと果物だ。私とアレクさん、ミリアは屋敷の料理人にお弁当をお願いしているため、同じメニューになっている。

ちなみにリクハルドさんは、毎回王城の食堂からプレートの料理を持ってきている。今日はパンとサラダとお肉をスパイスで焼いたものかな？

「……それはなんですか？」

私がお弁当の包みを開くと、リクハルドさんがサンドイッチに興味を持ったようで、じっと見つめてきた。

ちなみにこの世界にはサンドイッチというものは存在していなかった。でもパンはあるし、野菜もある。お肉はもちろん魔物のものだけどね。

「サンドイッチというものだそうです。エヴァリーナ様が前世でよく召し上がっていたもののようで、うちの屋敷の料理人にレシピを教えていただいたんです」

アレクさんがサンドイッチの説明すると、リクハルドさんはそれを興味深そうに聞き入っていた。

「りくはるどしゃんも、おひとちゅいかがでしゅか？」

実際に食べてみないとわからないだろうと、サンドイッチをひとつ差し出す。リクハルドさんは少し驚いたみたいだったが、すぐに受け取ってくれた。そしてひと口かじりつくと。

「……美味しいです、ね」

目を見開いてそう言ってくれた。おお、リクハルドさんと何度かお昼をご一緒しているが、美味しいという言葉は初めて聞く。

「美味しいですよねぇ、サンドイッチ。私も大好きですー！」

「リクハルドも気に入りましたか？　最近うちの屋敷では、サンドイッチが大流行しておりまして。うちの両親も絶賛しています」

もぐもぐとサンドイッチを頬張りながら、ミリアとアレクさんも美味しいですねと口にする。

中の具材を自分好みに替えられるし、手軽に食べられるし、けっこう万人受けする食べ物だと思うのよね。……って、そういえば。

「さんどいっちなら、お仕事しながらでも食べやすいでしゅよ？　あれくしゃんから聞いたんでしゅけど、陛下もりくはるどしゃんも、あんまり忙しいとご飯を抜きがちなんでしゅよね？」

たしかに仕事が溜まっていると食事をおざなりにしがちだ。前世の私にも身に覚えがある。

でも、ちゃんと食べないと健康に悪い。あまり人のことは言えないが、それは間違いない。

「食べた方が、頭もよく回るって言いましゅよ？　もしよかったら、れしぴをめもしますから、王城の料理人に作っていただいてはどうでちょうか？」

何気なくそう提案しただけだったのだが、思いもよらないリクハルドさんの反応が返ってきた。

「いいのですか⁉」

「へぁっ⁉」

今まで見たことのないくらい嬉しそうな顔で、リクハルドさんが私の両手を握りしめた。至近距離で。

「たしかにこれなら、片手で食べながら書類作業ができます。移動中に食事することも可能ですし、持ち運びも楽だ。こんなに素晴らしいレシピを提供してくださるとは、エヴァリーナ様は本当に女神様のようです」

「へ？　いや、しょんな大袈裟《おおげさ》な……。れしぴっていっても、好きな具材を挟むだけでしゅし、ただこんな具が合いましゅよ〜ってだけで……」

「なるほど、中の具材を替えれば飽きがこないというわけですね。その人の好みでも替えられるし、これはなんと素晴らしい料理だ！」

ち、近い。素晴らしく美しい顔が近い。いや、それ以上に感じるこの圧がなんか恐い……！

「リクハルド、そこまでに」

あまりの迫力と距離の近さに及び腰になっていると、アレクさんがリクハルドさんを止めてくれた。

た、助かった……。

「すみません、エヴァリーナ様。リクハルドはその、実は食事にうるさくて……」

「美食家と言っていただけますか？　私は肉ならなんでもいいとか抜かす輩とは違うんです」

リクハルドさんがぷいっと顔を背ける。

美食家、って、そうだったんだ。そういわれてみればリクハルドさん、一緒に食べる時に私たちの昼食をちらちら見てた気が……。

「ひょっとして、以前から私たちのご飯、気になってました？」

ぽつりとそう零すと、そうなんですよ！と興奮気味にリクハルドさんが声を上げた。

「つい一カ月ほど前までは、アレクシスも私と同じように食堂で食べるか、王城の料理人が作った簡易食を食べていたのに、オベントウ？だといって屋敷からお昼を持参するようになって。時々しか一緒に食べる機会はありませんでしたが、毎回初めて見るものや、肉に知らないソースがかかっていたりして。ずっと気になっていたのです」

お、おお、リクハルドさんがこんなに饒舌《じょうぜつ》なところ、初めて見たかも。

たしかにここ一カ月ほど、屋敷の料理人たちと仲良くなった私は、前世で食べてきたものを思い出しながら作り方を伝え、それをお弁当に持たせてもらっていた。

でもそうか、美味しいものが好きなのね。となると、忙しくて食事を抜いたり簡易食で済ませたりするのって、リクハルドさん的には不本意だったんじゃ……。

「わかっていただけますかエヴァリーナ様！　そうなんです、せっかく用意してもらっているものです、不味いとは言いませんが、なにか物足りないと言いますか、もっとちゃんとしたものが食べたいと思いながら仕事をするのは正直ものすごくストレスで……」

くっ……と苦悩の表情をするリクハルドさん。こんなに感情豊かな人だったんだ……。

「え、えと。さんどいっち以外にも、書類仕事や移動中でも食べやしゅい料理、いくちゅか知ってましゅから、れしぴを書いておきましゅね」

「では、私が王城の料理人に渡しておきましょう」

リクハルドさんの変貌に戸惑いつつも、私とアレクさんがそう提案すると、リクハルドさんはとても満足気な顔をした。

『へえ、そんなことが。リクハルド殿もすっかりリーナ様の魅力の虜になってしまったのかな？』

「もぅくりしゅ！　しょんなわけないじゃないでしゅか！　からかわないでくだしゃい！」

あははと笑うクリスに、私は頬を膨らませた。

昼食を食べ終えた後すぐ、リクハルドさんは執務室へと戻ってしまった。アレクさんによると、忙しいけれど私たちのお弁当がなにか見たいから、ちょっとでも時間があると思って来たのではないかとのことだ。

……そんなことある？と一瞬思ったが、食事について饒舌に語る姿を思い出し、なくはないかと思い直した。

そんな会話をしていたところにクリスがやってきて、微妙な表情の私たちに首を傾げられたため、一部始終を話し終えたところだ。

『いやいや、でも半分は本気だぞ？　あの警戒心の強いリクハルド殿が、他人相手にそんな様子を見せるとは、さすがリーナ様だ。それに、彼のために料理のレシピを書いてあげるのか？　やれやれ、リクハルド殿に嫉妬してしまいそうだ』

「も、もぅくりしゅってば、口が上手いでしゅね」

イケメンすぎるクリスの発言に、私はこうしていつもドキドキさせられている。私の魅力がどうとかって言ってくれるけれど、艶やかな羽にも触れさせてくれるし、爪は鋭くて危ないから近付かないようにねと注意してくれるなどすごく優しいし、クリスの方がよほど魅力的だと思う。

相手は鳶、それも女の子だってわかってるけど、それでもその優美な姿ときりりとした表情、男前な言動に私は魅せられてしまうのだ。

「……アレクシス様、あれ、いいんですか？」

「………………だめだとは言えないだろう」

少し離れた場所で、ミリアとアレクさんが微妙な表情でこちらを見ているのに気付くことができないくらい、私はクリスにメロメロだった。

ちなみにクリスがなぜこんなに私に懐いてくれているのかというと……。私がクロヴァーラ国の神殿にいた時に、怪我していたところを助けた大型の鳥、なんとあれがクリスだったのだ。

初めてアレクさんの従獣だと紹介された時は、知らないフリをしていたらしい。挨拶した時もなにも話してくれなかったし、ぺこりと会釈されただけだった。

どうやらクリスはあの時、神殿に聖女の調査をしに来ていたようだ。それがバレるとまずいから、初対面のフリをしてたんだって。

でもひと月前のことで、私がもう怪しくないって陛下やリクハルドさんが判断したため、クリスの正体と神殿でなにをしていたかを明かしてもらえ、こうして時々会えるようになった。

怪我の後遺症もないみたいだし、私のちっぽけな魔力でもクリスを治すことができて本当によかった。アレクさんとクリスからも改めてお礼を言われた時はちょっと気恥ずかしかったけれど、やっぱり嬉しかった。

「こほん、エヴァリーナ様、そろそろ昼休憩が終わってしまいますので、我々はそろそろ……」

『おや、主殿はまだリーナ様をそんな風に呼んでいるのか？』

声をかけてくれたアレクさんに、クリスがずばっとそんなことを言った。

「クリス、それは以前に、不敬だからと説明したではありませんか」

アレクさんはそう言って眉を下げたが、クリスはちらりと私の方を見た。

『リーナ様は？　どう思うんだ？』

「へ？　わ、私でしゅか？」

急に話を振られて戸惑ったものの、たしかに私でさえアレクさんと呼ばせてもらっているのに、わざわざ長ったらしい名前で呼び続けてもらうのもなと思う。

以前視察に出かけた村で一度だけリーナ呼びをしてもらえたが、違和感もないし嬉しいなと思ったことを思い出す。

「そうでしゅね、気軽に呼んでもらえたら嬉しいでしゅけど」

『うーん、そんな感じか。まあいいや、だそうだよ主殿。さあ、次会う時にはちゃんとリーナ様と呼んであげてくださいね？』

そんなクリスの言葉に、アレクさんはため息をつきながらも、とりあえず仕事に戻りましょうとクリスを肩に乗せた。

「では失礼いたします。その、午後からも頑張ってくださいね、リーナ様」

「あ、はいっ！　ありがとうございましゅ、あれくしゃん！」

ふわりとした微笑みを残して、アレクさんは扉を開いて去っていった。その肩に止まったクリスが器用にウインクしたのが見えて、苦笑が漏れる。

「……あの～、いったいクリスとどんな会話をしたらリーナ様呼びに変わったんです？　なぁんかずいぶんいい雰囲気だなぁと思って見学させてもらいましたけど」
ミ、ミリアがいることを忘れていた……！
「えっと、その、それは色々ありまして……」

にやにやするミリアの追従を避けることなどできず、結局私はたどたどしくクリスとアレクさんとの会話を説明する羽目になってしまったのだった。


それから一週間後――。私は今、リクハルドさんに詰め寄られている。

「え、厨房《ちゅうぼう》から、嘆願でしゅか？」

「ええ、エヴァリーナ様にぜひご指導にと」

見たことのないにこにこ顔のリクハルドさんに、思わず後ずさりしてしまう。

嘆願って、指導って、私、なにかした⁉

「先日いただいたレシピが素晴らしいと絶賛の嵐でして。料理人たちだけでなく、王城に勤める者たちからも称賛の声が。もちろん陛下もとても気に入っております。つきましては、エヴァリーナ様にぜひ、直々にご指導いただいて王城内の食事の改革を進めたいと」

きらきらした目のリクハルドさんに、ひくりと頬が引き攣《つ》る。

「え、えと、私、そんなに料理人の方に指導できるほど料理に詳しいわけでは……」

「大丈夫です、ご存じのことだけ伝授いただければ、彼らも他の料理に応用するでしょうから」

た、たしかに優秀な料理人たちなら、新しいソースの作り方ひとつ教えれば、新しいレシピを思いつく可能性はある。

「で、でも、こんなちびな私から教わりたいなんて……」

「料理長をはじめとして、厨房に勤める者皆が諸手を挙げて賛成しておりましたから、ご安心ください」

えええええ……。反対する人がいないってこと⁉

「うぅ～でも、私にはお仕事が……」

「それもご安心ください。ろかそーちの作成はかなり進みましたし、ばんそうこうも急務というわけではありません。毎日一、二時間くらいなら大丈夫だろうとチームリーダーも申しておりました」

「え、えぇっと……」

こ、これは、断る理由がまったくないってこと⁉

「ちなみに、食堂の食事がぐんと美味しくなるのなら、急ぎの仕事以外はそちらを優先させろと陛下からのお言葉もいただいております。いや、エヴァリーナ様が仕事をしながら食べられるものを提案してくださったおかげで、陛下や私の作業速度もぐんと上がっております。感謝のひと言です」

なんですかそのいい笑顔、もう決定事項になってるじゃないですか！

「〜〜っっ、もうっ、わかりました！　でも、本当に簡単なもの、しゅこししか教えられましぇんからね⁉　期待しすぎないでくだしゃいよ⁉」

今回もリクハルドさんのものすごい圧力に勝てるわけもなく、私は頷かざるを得なかった。

「ありがとうございます、楽しみにしておりますエヴァリーナ様」

私の了承を心の底から喜んでいるらしいリクハルドさんは、先日と同じく私の両手をぎゅっと握ると、ありがとうございますを連呼してぶんぶん上下に振るのだった。

「……うわ、クレバー卿があんなに笑顔だと、逆に怖いですね」

「リクハルドを止めることができず、リーナ様には申し訳ないです。その、騎士団からも食堂の料理のレベルが上がったと大絶賛でして……」

『しかし、リクハルド殿があれだけ心を許すとは珍しい。完全に餌付けされてしまったようだな』

遠くからミリア、アレクさん、クリスがこそこそとおしゃべりしているのに気付き助けを求めたのだが——。

三者から苦笑いされ、ぶんぶんと首を振られてしまった。

仕方なくリクハルドさんの握手攻撃？を諦めの境地で受けながら、そういえばいつの間にかリクハルドさんも私のこと名前で呼んでくれるようになったなぁと、ぼんやりと思うのだった。

ちなみに私が教えたサンドイッチ、おにぎり、ホットドッグ（もちろん魔物ウインナー）などの簡易食事は、この後獣人国に広く伝わり、仕事に出る獣人たちのお弁当の定番として浸透していくのであった——。

寒さに負けない野菜を作りまちょぉ！

王城の厨房にお邪魔するようになって、半月ほどが経った頃。

「いや～聖女殿のおかげで、仕事が捗ってしかたない！　うまいもんが食べられると思えば、メシの時間を作ろうとみんな必死に仕事するもんなんだな！　各方面から感謝の声が届いているぞ！　ちゃんと食事を摂ると頭もよく動くし、なによりリクの機嫌がめちゃくちゃいい！」

「はは……。それは、よかったでしゅ……」

私はなぜか陛下に呼び出されていた。しかもまたお茶会、テーブルにはお茶とお菓子が並んでいる。もちろんアレクさんとリクハルドさんも一緒だし、いつものようにミリアも扉の前に控えている。

最近はなりゆきでお菓子まで教えるようになったため、今回のお茶菓子は私が教えた生チョコやひとくちカップケーキも並んでいる。

意外にも……いや、もう意外じゃないか、リクハルドさんは甘いものが好きだった。アレクさんも陛下もそこそこ。

さすがにお菓子は本当に簡単なものしか教えられなかったけれど、こちらもとても喜ばれている。

「さて、まず報告だが、ろかそーちのおかげで各地から体調不良者が激減しているとの報告もあがっている。これまであまり長い時間飲み水を溜めておけなかったが、二、三日なら余裕で保つのも嬉しいとのことだ」

「エヴァリーナ様や開発チームの仕事が早いおかげで、本格的に雪が降る前に地方に配布することができましたしね」

今回はなんの話だろうと少しビクビクしていたのだが、なんと陛下とリクハルドさんから嬉しいお言葉をいただけた。

「そうなんでしゅね！　よかったでしゅ！」

なんだそういう話かとすっかり肩の力が抜け、自然と笑顔になる。

「だが、まあ俺たちも聖女殿に頼りっぱなしの自覚はあるのでな。見た感じは健康そうだが、どうだ？　無理などはしていないか？　なにか気がかりなことがあれば遠慮なく言ってくれ」

どうやら今回のお呼び出しの目的は、濾過装置についての報告と、私の健康チェックのようだ。

ちょっと過保護気味なアレクさんはもちろん、陛下やリクハルドさんも意外とよく私を気遣ってくれるんだよね。

こういうところ、すごくホワイト企業っぽい。そう考えると、前世のペットショップでの私の待遇は異常だったよなと、今更ながら思ってしまう。

動物たちのためだったとはいえ、どうして自分のことをもっと大切にしなかったのだろう。獣人国に来て、こうして周りの人たちに気遣ってもらえるようになって、ものすごくそう思うようになった。

「リーナ様、どうされました？」

心配そうなアレクさんの声がして、はっと我に返る。

「あ、いえ、しょんな風に言ってもらえるのがしゅごく久しぶりだったので、驚いてしまって……」

前世の両親が生きていた時以来だろうか？　その後は、転生してからもずっと、ひとりで頑張るのが当たり前だったから……。

大丈夫？とか、無理してない？って、私のことをちゃんと見て、気にかけてくれているから出てくる言葉なんだよね。

「……私、無理はしてまししぇん。そりゃ、料理人の方たちに料理を教えてやってくれと言われた時はしゅごく戸惑いましたけど。でも、厨房のみなしゃんもとてもいい方ばかりでしゅし、開発ちーむのみんなとも仲良くできて、毎日楽しいでしゅ」

にっこりと、心からの笑みで答える。忙しいのに、私のためにこうして時間を作ってくれた陛下たちの心遣いが、とても嬉しかったから。

「リーナ様……」

「え、み、皆しゃん⁉」

アレクさんが私の名前を呼んだかと思うと、陛下とリクハルドさん、そしてミリアまでもがなぜか目頭を押さえて俯き、ぷるぷると震え出した。

「そうだったな、俺たちが普通だと思っていたことが、聖女殿にとっては違うのだったな」

「中身が大人とはいえ、幼い子どもの姿でそんなことを言われると、胸に刺さりますね……」

「リーナ様……ずびっ！　これからも私たちと楽しく暮らしましょうねっ！」

……陛下とリクハルドさんがものすごく優しい顔をしているのはともかく、ミリアが大号泣しているのはなんなのだろう。

リクハルドさんが「たくさんお食べ……」と私の前にお菓子を並べてくれたのを、微妙な気持ちで手に取る。

うん、すごく美味しいけれども。

生温かい目で見られている意味がちょっとわからなかったけれど、まあいいかと考えることをやめた。

そうしてもしゃもしゃとお茶とお菓子を食べながら、そういえばと思いついたことを口にする。

「先ほどの話に戻りましゅけど……。最近、ちょっとお野菜が少ない気がしてるんでしゅけど」

すると、それまで生暖かかった空気が、一瞬にして変わった。

「ほう、よく気付いたな」

「さすがの慧眼《けいがん》ですね」

陛下とリクハルドさんの目が光った。ふたりとも狩りを行う動物の獣人だからか、鋭い目をした時の迫力がすごい。

それにしても、慧眼という言い方はかなり大袈裟だなと思う。

ただ単に最近アレクさんのお屋敷でご飯を食べている時に、野菜が少なくなったなぁと思っただけだから。

「冬はどうしても作物を育てられなくてなぁ。どこの地域も雪まみれになるからよ」

「秋のうちにある程度収穫したものを貯蔵しておきますが、量にも保管期間にも限界がありますからね。考えなしのところが多い獣人族ですが、食べ物に関しては慎重なので、本格的な冬に向けて野菜を節約しながら生活しています」

やっぱりそうだよねと、陛下とリクハルドさんの説明を聞いて納得する。

前世ではハウス栽培などがあったから、一年を通してある程度安定した出荷量を保持することができたけれど、この世界でそんなことができるはずがない。いや、魔法を使えばこちらでもハウス栽培的なものを作るのは可能かもしれないが、あいにく私にはそんな魔力量がないし……。

でも野菜って健康のためには必要なものだし、できれば安定量を確保したいって思うよね。

豊作だった年はいいけど、不作だった場合は冬のための分を確保できるかも難しいところだろうし。

それとリクハルドさんの言う通り、保管期間もある。冬だからってずっと腐らずに置いておけるわけじゃないし。

それにしても食べ物に関しては慎重って、そういうところは動物の習性が色濃いのかな？　狐なんかも冬ごもりをするために、雪の下に食べ物を蓄えたりするって……あ。

「あ」

「「「あ？」」」

思わず声に出してしまった私に、陛下たちが反応する。

「越冬野菜……」

「「「エットウヤサイ？」」」

面白いほどにオウム返ししてくれたお三方に苦笑する。

「えと、獣人国はどこの地域も雪が降るって先ほどおっしゃってましたよね？　けっこう積もるんでしゅか？」

「お、おお。年にもよるが、だいたい毎年膝下くらいまで積もるな。……ってか聖女殿、雪のこと知ってんのか？　人間国には降る地域はないはずだが」

「はい。実は、前世で住んでいたところと獣人国の気候が、しゅごく似てるんでしゅ」

陛下にそう答えながら、もう朧《おぼろ》げな前世の幼い頃の記憶が蘇《よみがえ》る。

私、いや里奈が住んでいた地域は、雪が多く、越冬野菜の生産が盛んなところだった。両親と住んでいた家の近くには大きな畑があって、近所のおばあちゃんによくおすそ分けをいただいていた。

懐かしい思い出に、自然と頬が綻ぶ。

「それで、前世で冬に収穫できる野菜があったのでしゅが、ちょっと聞いていただけましゅか？」

この国の土地と野菜でできるかどうかはわからない。でも、勝手に無理だろうと判断するには早い。こんな私の話をいつだって真剣に聞いてくれるこの人たちになら、話をして一緒に考えてくれるはずだ。

まだこの国に来てわずかな期間だけれど、そう信じられるだけの信頼関係を結べていたのだなということに気付き、少しでも参考になればいいなと思いながら越冬野菜についての説明をするのだった。

「なるほど、雪の中で作物が育つはずがないというのは、我々の先入観だったのですね」

「一度収穫してからもう一度土で覆い、その上に雪が積もって再度収穫しゅるものや、収穫せずそのまま雪の下で越冬さしぇるものがありましゅ。野菜によって方法は違いましゅが、越冬野菜はどれも甘みが増して、栄養価も高くなるんでしゅよ」

リクハルドさんにキャベツやニンジン、大根などが一般的だったことを伝えると、それならまだ収穫前のものもあるはず……と思考を巡らせていた。

「よし、リク。一度試験的にやってみないかと、急ぎ会議にかけてみるぞ」

「ええ。まだ雪が降るには少し時間がありますから、今のうちですね」

そして陛下とリクハルドさんは私にひとつふたつ質問すると、慌ただしく席を立った。

「聖女殿をねぎらおうと思っての会だったのだが、結局力を借りることになってしまったな。すまない」

「冬を越すための難題を解決する、足掛かりになりました。エヴァリーナ様の知識と知恵には本当に感服いたします」

最後にそう言って、ふたりは私の頭をさらりと撫でていった……撫でていった!?

「な、なっ、今、撫でられっ!?」

あまりにナチュラルな動作で反応が遅れてしまったが、少しずつ恥ずかしさが湧き上がってきて、撫でられた頭を両手で押さえる。

「あらら。リーナ様、落ち着いてくださいね?」

よしよしとミリアが宥めてくれるが、顔の熱はなかなか下がらない。ううう、恥ずかしい……！

「大丈夫ですか？　すみません、陛下もリクハルドも、リーナ様に失礼を」

恥ずかしさのあまり丸くなっていると、アレクさんが顔を覗き込んできた。

そういえばアレクさんにもよく撫でられたりしてたよね。最初は今みたいに恥ずかしかったけれど、子どもだと思っているんだろうしって我慢してて、そうしているうちに慣れてきちゃってたけど……あれ？

「……しょうぉいえば、最近、あれくしゃんは私のこと撫でたりしましぇんね？」

「え、あ、はい⁉」

つい思っていたことが口に出てしまった。するとアレクさんはびくりと肩を跳ねさせ、ちょっと焦ったような表情になる。

「ええと、それは、やはりその、大人の女性を相手に失礼だなと思いまして……」

しどろもどろになって説明する、こんなアレクさんは初めて見る。

でも、そうだよね。その気遣いは、中身は大人だってことを、ちゃんと尊重してくれているということだ。

「ありがとうございましゅ。あれくしゃんに撫でてもらうの、嫌じゃなかったので、ちょっと寂しい気もしましゅけど」

大きな温かい手でぽんぽんされるのも、すごく安心するなぁって思ってた。まるで小さい頃に、お父さんに頭を撫でてもらった時みたいだなぁって。

今だって、陛下とリクハルドさんに撫でられて、ちょっとびっくりして恥ずかしかったけれど、嫌ではなかった。

あのふたりも中身は大人ってわかっているはずだけど、たぶん、妹をかわいがるような、そんな感じでやったんだろうなぁ。

そう思ったら、なんだか気持ちが落ち着いてきた。うん、不意打ちでびっくりはしたけど、もう大丈夫。

「……では、触れてもいい、ということですか？」

「え？」

思いもよらぬ言葉が返ってきて、ぽかんと口を開ける。定位置のように私の隣に座っていたアレクさんを見上げると、その眼差しは真剣で――。

「すみません、中身は大人だとわかっていても、どうしても手が伸びてしまいそうになる時が……。その、私、実は小動物が大好きでして」

「え？　しょ、小動物、でしゅか？」

衝撃の告白？に、ずるりとずっこけそうになるのをなんとか堪えた。

「はい。赤鳶は猛禽類なので、小動物から恐れられることが多いのですが、私は昔から小さいものが好きで……」

「あぁ～たしかにリーナ様、ウサギとかハムスターみたいな小動物っぽいですもんね～」

もじもじしながらアレクさんが話してくれるのに、ミリアがぼそっと返した。すると、そうなんですよ！　わかってくれますか⁉　とアレクさんが勢いづく。

「あまりにリーナ様が健気なことをおっしゃると、いけないと思いつつ、ついそんな気持ちに……。おそらく先ほどの陛下とリクハルドも、そんな感じでつい撫でてしまったのだと思います」

「そうですよね～。ちっさい子がこまごまと頑張ってる姿を見ると、なぁんか撫でたくなっちゃう気持ち、たしかにわかります」

うんうんとミリアが頷くのに、アレクさんも同意する。

しょ、小動物ね、なるほど……。

「え～っと、話はわかりました。子ども扱いされるのは不本意でしゅけど、つい手が伸びてしまう時は、仕方ないんじゃないでしゅかね？」

「えっ⁉　それって私も撫でてもいいってことですか⁉」

すると、なぜかミリアからそんな声が上がった。

「いや～私も実は我慢してたんですよね！　ほら、リーナ様がかわいすぎてぎゅー！ってしたいなと思う時ってけっこうあって」

え、ミリアまでそんなこと思ってたの？　でもそれを言うなら私だって……。

「えっと、私も実は、みりあのふわふわの耳とかしっぽに触りたいって、思ってました」

もじもじと告白すると、ミリアがぱあっと表情を明るくさせた。

「どうぞどうぞ！　リーナ様になら触ってもらって大丈夫です！　あ、でも、しっぽは優しく触ってくださいね？」

「い、いいんでしゅか？　えと、じゃあみりあも、私のことぎゅーってしてくだしゃい！」

いいんですかと聞きながらも、私の両手はすでにわきわきと開閉しており、触る気マンマンである。

そして私たちふたりは、ぎゅうっと抱擁しながら互いの感触を堪能することにした。

「はわわわ！　しっ、しっぽの毛並み、最高でしゅ！」

「リーナ様、柔らかくてあったかくていい匂いしますぅ」

そうしてミリアとじゃれ合っていると、微妙な顔のアレクさんに見つめられていることに気付いた。

「あつ、しゅ、しゅみませんつい！」

「あーんもう終わりですかぁ？」

残念そうなミリアをぺりっと引き剥がす。いけない、今まで我慢してきた、もふもふをもふりたいという欲望がつい……！

「いえ……大変仲がよろしくて、いいと思います」

「ああっ、あれくしゃん、明後日の方向を見ないでくだしゃい！」

さすがに人前で羽目を外しすぎたと恥ずかしくなる。

「いえいえ、そう遠慮なさらないでください。ああ、もうすぐ昼休憩が終わってしまいますね。作業場までお送りします」

「あ、アレクシス様がリーナ様を送ってくださるなら、私はちょっと図書館に行ってきてもいいですか？　ほら、なんでしたっけ、エットーヤサイ？　とりあえずこの国で育てられている作物の蔵書を探してきます！」

なんと、ミリアがそう提案してくれた。そうだよね、野菜は前世も今世もほとんど変わりないけど、ひょっとしたら寒さに強いものや私が知らない新しい野菜があるかもしれない。

「ありがとうございましゅ、みりあ！　みりあが賢すぎてびっくりでしゅ！」

「ええ～？　リーナ様にそう言われると照れちゃいますぅ！」

きらきらとした目でミリアを見送る。ミリアみたいに、自分にできることがないかなと考えられるのって、すごいことだと思う。

前世のペットショップでひとりで頑張っていた時とは、違う。陛下も、リクハルドさんも、アレクさんやミリア、カイも、みんなで意見を出し合って、考えていくのって、こんなにわくわくすることなんだ。

「どうしました？　嬉しそうな顔をしていますね」

どうやら表情に出ていたらしく、アレクさんに指摘されてしまった。

「はい、とっても嬉くして、つい顔が緩んでしまいました。この国の人たちが、とってもいい人……いえ、いい獣人しゃんで、幸せだなぁって。ここに来てよかったなぁって思ってましゅ！」

心からの笑みで答えると、アレクさんは一瞬驚いたように目を見開き、すぐにくすりと笑った。

「それを言うなら、私たちの方こそ、あなたがこの国に来てくださってよかったと、いつも思っていますよ？」

「いやぁ、そう言っていただけるのは嬉しいでしゅけど……。上級や中級の聖女様の方が、もっとすごいでしゅよ？　私なんて、聖女の力はちっぽけで。かいたちが上手に使ってくれているから、役に立てている風でしゅけど」

これは卑下しているわけでも、嫉妬しているわけでもなく、ただの本心だ。上級や中級の聖女たちと同じくらい魔力が強ければ、川や湖の水をまるごと浄化することも可能だっただろう。濾過装置なんて回りくどい方法を取らなくても、各地を回って定期的に浄化すればいいだけの話だから。

「こんな私でも、ここにいていいんだって言ってもらえているみたいで、嬉しいんでしゅ。いつも優しい言葉をもらうばかりで、少しは私からも返さなくちゃって思うので、これからもがんばりましゅね！」

むん！と気合を入れて腕まくりをすると、なぜかアレクさんはうーんと困ったように笑った。

あれ？　どうしてそんな顔をしているのだろう。

「謙虚で努力家なのは、リーナ様のいいところなのですが……。ここまで心が綺麗だと、逆に心配になってしまいますね」

心配？　どういうことだろう。はっ、まさかこんなちびで非力な分際で張り切りすぎると、痛い目に遭うぞって注意してくれている？

「そういう意味ではなくて……。なんて言うか、もう十分、私たちはあなたから救いの言葉をもらえているということです」

きょとんとしながらアレクさんを見上げる。歩きながら話しましょうかと言われ、作業場までの道のりを並んで歩く。

足の長い長身のアレクさんは、こうして歩く時にいつも私に合わせてゆっくり歩いてくれる。そのさり気ない優しさが、いつも私の心を温かくしてくれる。

「例えばカイですが、最近とても生き生きとしていると思いませんか？」

たしかにアレクさんの言う通り、カイは毎日とても頑張っている。大人たちの中でも臆することなく意見を出して、採用してもらえるととても嬉しそうだ。

そういえば最初に濾過装置の仕組みをチームのみんなに説明している時は、口では仕方ないなと言っていたが、どことなく嬉しそうな、誇らしげな表情をしていた。

「カイが狼の獣人であることは、ご存じですよね？」

アレクさんの問いに、こくんと頷く。強そうだし、かっこいいなぁって思ったことを思い出す。

「ですが彼は、家族の仲ではつま弾き者だったのです。狼の獣人のくせに、力が弱いと」

初めて聞く話に、言葉を失う。でも、そう、たしかカイはアレクさんに憧れて騎士を目指していたはず。

「きっと、家族を見返したかったのでしょう。たまたま助けた私が騎士だったから、それを目指した。ですが、私は彼が別のなにかに興味を持っているのではないかと、ずっと思っていました。そう、例えば〝鍛冶師〟とか」

はっとしてアレクさんを見上げる。開発チームの中の鍛冶師さんたちの話を興味深そうに聞き入るカイの姿が思い浮かぶ。私は選択肢が広がっていいなと思っていたのだが、もしかしてカイは……。

「元々手先が器用で、屋敷内のちょっとした修理などもお願いしていたのですが、それはもう、真剣ないい顔をするのですよ。ちょっとくらい曲がっていても気にしないと言っても頑固にやり直したり。……自分のスキルを気に入っていない風ではありましたが、あれは完全に職人気質だと思います」

きっちりしたいタイプなんだなぁと思っていたのだが、たしかにそう言われてみればそうかもしれない。そうか、カイはものづくりが好きだったのね。

「あなたに、その道を教えてもらえたのです。騎士になるだけ、強くなるだけがカイの人生ではないのだと」

「私が、でしゅか？」

アレクさんがにっこり笑って頷く。

いや、それはたまたまで……。

「たまたまでも、そういう道もあるのだと思えるきっかけをくれたのは、あなたです。もちろん、この先のことを決めるのはカイ自身ですが、騎士に〝ならなくてはいけない〟という考えはもうないでしょうね」

優しい表情。アレクさんは、本当にカイのことを心配していたんだ。

「……もし、かいが少しでも生きやすくなったなら、よかったでしゅ。正直、巻き込んでしまった感があるなぁって思っていたので」

「はは、たしかに。なんだかんだと巻き込まれて、いつの間にか開発チームになくてはならない存在になりましたよね」

声を上げて笑うアレクさんは、普段の紳士的な姿とは少し違って、少年っぽい表情をしていた。

「本当に、あなたは不思議な方です」

「えっと……それって褒めてます？」

どういう意味が含まれているのだろうと微妙な顔をすると、アレクさんは先ほどよりも大きな声で笑ったのだった。

みんなでお料理も楽しいでしゅよ？

「わぁ……雪、積もりましたね」

朝起きて窓の外を見ると、そこは一面の雪景色だった。

前日の夕方から降り始めた雪、夜の間に積もりそうですねとアレクさんやミリア、カイと話していたのだが、まあまあ積もっている。

「みりあ、外に出て、見てみましぇんか？」

「えぇ～。リーナ様、寒いですよぅ？」

猫の獣人であるミリアは、どうやら寒さに弱いようだ。厚着してぷるぷる震えている。猫はコタツで丸くなるってやつかしら。

そんなミリアをなんとか引っ張り、私も厚手のコートを羽織って手袋をつけ、庭園に出る。

うーん、私の膝下くらい、十五センチくらい積もったかな？

「なんだぁ？　わざわざ雪を見に来たのか？」

するとそこにカイが現れた。鼻の頭を真っ赤にしているが、ミリアのように震えたりはしていない。

あ、そうか、狼は犬科だっけ。犬は喜び庭駆け回るんだもんね。

「おはようございましゅ、かい。かいもお庭で遊びに来たんでしゅか？」

「そんなわけあるか！　ガキと一緒にすんな！」

怒られてしまった。冗談だったのに。でも十二歳は十分雪遊びを楽しむ年齢だと思うのだけれど。

「おはようございます。朝から元気ですね」

『おはよう、リーナ様。そういうもこもこの格好もかわいらしいですね』

そこへくすくすと笑うアレクさんと、その肩に乗るクリスが登場した。なんだなんだ、みんな雪につられてきちゃったのかしら？

「積もりましたね。さて、野菜たちはどうでしょうか？」

私の隣に並んだアレクさんが呟く。私もちょうど今、そのことを考えていた。

「はい。雪の下で、元気でいてくれるといいんでしゅけど」

先日私が提案した越冬野菜の話を聞いて、陛下たちは早速会議にかけ、賛成を得た。そしてその後すぐに、試験的にではあるが、残っている野菜をすべて収穫することはせず、雪の下で眠らせるようにと国中に知らせた。

それを聞いた獣人たちは戸惑ったものの、水の濾過装置を提案してくれた聖女の発案だと知ると、嬉々として話に乗ってくれたらしい。

信用してもらえるのは嬉しいが、そんな簡単に信じていいものかと思ったのだが、それだけ濾過装置の評価が高いということですよ、とリクハルドさんが言ってくれた。

でもこの越冬野菜は、冬の間の獣人たちの生活がかかっている。もし前世の野菜とは性質が違ったりして、上手くいかなかったら……そう不安な気持ちもあるのだ。

「大丈夫ですよ」

すると、そんな私の不安な気持ちを読んだかのように、アレクさんが私の肩をぽんと叩《たた》いた。

「ここよりも早く雪が降った地域から、野菜が枯れてしまったという報告はありません。それにもし、思うように雪の下で育たなかったとしても、例年と同じくらいの量の野菜はすでに備蓄しているのですから。獣人たちも、今回は試験的なものだとわかっていますし」

「そうだよ。みんな、いくつか生き残る野菜があるといいなーくらいにしか思ってないから、そう気に病むなよ」

カイもそう言って励ましてくれたのだが、クリスがおやと声を上げた。

『カイが他人を励ますとは、珍しいですね。さすがリーナ様、あまのじゃくなカイすらも巻き込むとは』

「……おい、なんか失礼なこと言われてる気がするんだけど？」

カイにはクリスの言葉がわかっていないはずだが、悪口を言われたという雰囲気は感じ取ったらしい。

アレクさんもここは余計なことを言うまいと判断したらしく、苦笑いしている。

そんなふたりと一羽の様子が面白くて、思わず笑みが零れてしまった。

「ふふっ、ありがとうございましゅ。そうでしゅよね、かいの言う通り、何種類か成功したらいいな〜くらいに思うことにしましゅ」

みんなのおかげで気持ちが楽になった。そうだよね、なんでもかんでもすぐに上手くいくはずがない。色々やってみて、失敗しながらより良い方法を探せばいいのだから。

「でも、越冬野菜は本当に甘くて、美味しいんでしゅよ？　もしいくつか成功したら、また新しいお料理をお伝えしましゅね！」

「それは楽しみですね。ふふ、リクハルドがますます喜びますよ」

「まぁたしかに、おまえが教えてくれた料理はいつも美味いからな」

『私もその恩恵に預かれるのを楽しみにしております。残念ながらお料理はいただけませんが、野菜そのままの味を楽しむことはできますので』

アレクさんもカイもクリスも、優しい言葉をくれた。雪も降って寒いはずなのに、心は温かい。

そしてミリアはというと――。

「リーナ様ぁ〜そろそろ中に入りましょうよぅ。ううう……なんでみんなそんなに寒さに強いんですかぁ！」

出入り口のところで丸まっていた。しっぽや耳の毛を逆立たせながら震えており、ずいぶん寒そうだ。

「あ、ごめんなしゃい、みりあ。風邪をひいたら大変でしゅ、みなさん中に入りまちょぉ」

涙目のミリアに、慌てて中へと戻る。

実は雪だるまでも作ろうかなと思っていたのだが、この様子では無理みたい。

「ね、かい。みりあは寒いのが苦手みたいなので、今度一緒に雪だるまを作りましぇんか？」

「ユキダルマぁ？　なんだよそれ」

おや、この世界には雪だるまなんてないのか。それなら……。

「今度作り方を教えてあげましゅね！　そうだ、雪合戦なんかも一緒にやりたいでしゅね。それで、獣人国の雪遊びも私に教えてくだしゃい！　約束ですよ！」

「おい、勝手に約束すんなよ！　ま、まぁ仕方ねーから付き合ってやるけどよ……」

「ありがとうございましゅ！　楽しみでしゅ！」

きゃっきゃと楽しそうに話す私とカイの姿を、アレクさんとクリスが微笑ましそうに見ているのに気付き、ちょっぴり恥ずかしくなった。

〝四季を楽しむ〟ことを大切にしていると、この国に来たばかりの時に、屋敷のみんなが教えてくれた。それぞれの季節に大変なこともあるけれど、その困難を仲間とともに乗り越え、その移り変わりを楽しみ、その美しさを愛でる。獣人たちはそれができるのだと。

そしてそれは、前世の私たち、日本人と同じ考え方だと思うのだ。

だから私も、この国の良いところに目を向けたいし、前世の良いところを取り入れられるなら取り入れ、みんなと一緒に力を合わせて、楽しんで暮らしていきたい。

でも、カイはともかく、さすがに大人の人に雪遊びを勧めるのはちょっと申し訳ないかも。

うーん、大人の冬の楽しみ……あ、雪見酒とか？　陛下とかリクハルドさん、すごくお酒強そう。

アレクさんは……とちらりと視線を送ると、ばっちり目が合ってしまった。

どうしましたと首を傾げるアレクさんの眼差しは、とても温かい。

「えと、雪を楽しめるなにかいい方法がないかなぁって、考えてただけでしゅ」

「そうでしたか。リーナ様がこの国の季節を楽しもうとしてくれる方で、私も嬉しいです」

だから、いちいち発言が大袈裟というか、甘いというか……。

こっぱずかしいことを言ってもサマになるのだから、イケメンって怖い。

少し赤くなってしまった顔を隠すように手袋をつけた両手で頬を押さえると、アレクさんがその上からさらに手を添えてきた。

「冷えてしまいましたか？　あれ、でも赤みが差していますね」

近っ！　それでもって手、大きい！

「だ、大丈夫でしゅから！」

慌てて距離を取るが、頬の熱は急上昇している。きっと今、私は茹でダコのように真っ赤だろう。

きょとんとした顔してますけど、あなたのせいですから！

「さ、さぁ！　朝ご飯をいただきに行きましょぉ！　ほら、みんな急ぎましゅよ！」

ぱたぱたと足早に自室へと歩いていく。うしろにいるみんなが変に思ったかもしれないが、とにかく今は恥ずかしすぎて無理！

『……主殿、リーナ様は純粋なのですから、もう少しお手柔らかに……』

「うわ、大人って怖ぇ……」

「きゅ、急になんだか熱くなってきちゃいました！　リーナ様ぁ、待ってくださーい！」

背後でクリス、カイ、ミリアがそんなことを話しているとはつゆ知らず、私はうしろを振り返ることなく、はしたないと思いつつも廊下を早歩きで進んでいくのだった。


王城にも雪が積もって、二週間。私は今日も王城に呼び出されていた。メンバーはいつもの通りである。

「さて、朗報だ」

にやりと陛下が笑う。……なんだろう、悪人ぽい笑顔だなと思ってしまうのは、私だけ？

とりあえず陛下もリクハルドさんも機嫌がよさそうなので、良い話だとは思ったけれど。でも、このタイミングでの朗報って、もしかして……。

「聖女殿の助言で雪の下に埋めた野菜たちだがな。定期的に掘って様子を見ているのだが、どれもすべて新鮮そのもので残っていると各方面から声が届いている」

「ほ、本当でしゅか？」

やった！　ひとつくらいは……と思っていたが、すべて残ってくれていたなんて。

「一番積雪の早かった地域でも、一カ月近く経っているが枯れたり腐る様子もないと言っていた。試しに少し収穫してもみたようだが、信じられないくらい甘みが増していると、興奮した様子で書状にしたためられていたぞ」

目に見えて嬉しそうな陛下は、声からも上機嫌なのがわかる。ぐいっとお茶を飲み干し、お菓子をつまみ、よかったよかったと頷いている。

「では、栄養価が高くなるというのも、前世と同じかもしれましぇんね」

「ええ、そうだといいですね」

アレクさんも嬉しそうだ。雪が積もった日に励ましてくれたことを思い出して、少し照れくさくなったけれど、よかったですねと微笑み合う。

「それで、エットウヤサイを使った新メニューですけど」

きらりとリクハルドさんが目を光らせた。この人、本当に食べることが好きなんだな……。

神秘的なイケメンという第一印象はどこかへ吹っ飛んでしまった。まあ、私としては今のリクハルドさんの方が話しやすくて好きだけど。

「えっと、そうでしゅね……。やっぱり冬ですし、体の温まるスープが一番でしょぉか。ポトフにクリームシチュー、あとは、お肉のうま味がじゅわっと染み込んだロールキャベツもいいでしゅよね」

冬に食べて美味しいメニューを思い浮かべながら口に出していく。あ、思い出したら食べたくなってきた。

「ぜひ、それらを！　この王城でも食べられるように、料理人たちに伝授ください！」

相変わらず料理のこととなると必死なリクハルドさんに、思わず苦笑いが零れる。

「わ、わかりました。でもちょっとめんどくしゃいというか、時間がかかるものなので、料理人さんたちにけっこうお時間いただいてしまいましゅけど……」

「構いません！」

即答ですか。というかリクハルドさんが作るのではないのでは……。

その時、苦笑いをするアレクさんが視界に入った。あ、そうだ。

「あの、もしよければなんでしゅけど……」

私の提案に、リクハルドさんはまたもや自分のことではないのに即答し、アレクさんも了承してくれたため、大人数でのお料理教室を行うことが決定されたのだった。


「で？　なんで俺まで」

「だって、かいがなにに使うんだって聞くから。今から使って見せるから、ついでに手伝ってくだしゃい」

約束から数日後、私はカイにお願いしてあるものを作ってもらい、それを持参して王城の厨房へとやってきた。

そしてそこには、料理人たちだけでなく、この場になぜ？とカイが首を傾げる人たちも揃っている。

「いやぁ、リーナ様のお役に立てるなら！　俺たちの筋肉、ぜひ使ってくだせぇ！」

「最近の食堂の料理、めちゃウマになったもんな！」

「遠征食にも使えるもんも作るんだろ？　なら俺たちも手伝わねぇとな！」

そう、なにを隠そう、騎士たちである。アレクさんがお父様である騎士団長さんにお願いしてくれて、数名の騎士がここに集ってくれた。……なぜかアレクさんも一緒に。

「リーナ様のお料理される姿など、なかなか見られるものではありませんので。騎士たちの監督も兼ねて参りました」

笑顔でさらりとそう言われたのだが、まるで娘の授業参観に来た父親みたいだなと密かに思ってしまった。アレクさんもどんどん第一印象が崩れていっている気がする。

「そぉ、でしゅか。でも私は料理、しましぇんよ？」

「え？」「は？」

私の言に、アレクさんとカイが同時に面食らった。

「いや、だっておまえ、その格好《かっこう》……」

そう思ってしまう気持ちも、そう言いたくなる気持ちもわかる。私がふりふりのエプロンをつけているから、だろう。

「これは、毎回料理長たちが用意してくれるので、しぇっかくのご厚意を無駄にするわけには……と思ってつけているだけでしゅ」

ため息をついてそう説明する。これから厨房に来る機会が増えるでしょうから！と、二回目に訪れた時からエプロンが用意されるようになった。

しかも毎回違うものを、だ。ウサギ柄の時もあったし、かわいい水玉模様の時もあった。今回はレースたっぷりのふりふりのもの。

中身が大人の身としてはかなり恥ずかしかったのだが、みんながかわいいかわいいとあまりに褒めそやすため、拒否することも難しく、仕方なく毎回着用している。

「料理長……」

「はっ、はいっ⁉」

珍しくアレクさんからピリッとした空気が発せられる。普段温厚で紳士的なアレクさんだが、怒らせると怖いのだろうかとひやりとする。……と思ったのだが。

「センスがよろしいですね。リーナ様にぴったりのデザインです」

……娘を溺愛する父親みたいなこと言い出した。今の覇気はいったいなんだったのか。

「あっ、ええと、お褒めに預かり恐縮です！」

一瞬恐怖で凍り付いた料理長が、ずっこけた。

「はい、もうよろしいでしゅか？　今日は時間がかかるので、早速はじめましゅよ」

収拾がつかなくなりそうだったので、半ば無理矢理話を終わらせた。なんだか料理を始める前から疲れてしまった。

「ではまず、こんそめすーぷを作ってもらいましゅ」

「「「こ、こんそめ？」」」

この世界にはコンソメスープというものが存在していないため、みんなが口を揃えてオウム返しをしてきた。

「はい。ではまず、お願いしておいた材料をお願いしましゅ」

「あ、はい！」

材料は玉ねぎ、ニンジン、セロリ、パセリ、ボナコンという牛型の魔物の骨付き肉と、ロック鳥という鳥型の魔物の鳥ガラだ。

大きい魔物の骨付き肉を指さして、騎士たちに笑顔を向ける。

「皆しゃんはまず、これをお願いしましゅね！」

「「はい……？」」

呆然とする騎士たちに、料理人たちが大きな出刃包丁を渡した。

「皆しゃんの剛腕で、こう、バキッ！　ボキッ！とやっちゃってくだしゃい、その後は綺麗に水で洗ってくだしゃいね」

「「「お、おぅ……」」」

戸惑う騎士たちにほらほら早くと促す。骨付き肉はある程度ほぐしたり骨を割った方が味がよく染み出るのだ。

そして料理人たちには大鍋にたっぷりのお湯を沸かしてもらう。

「そうしたら、野菜はまるごと中に入れちゃってくだしゃい。骨付きのお肉は、一度湯通しして簡単にアクを抜きましゅ」

このまま……？と戸惑いながら、料理人たちはぼちゃぼちゃと野菜たちを鍋に入れていく。騎士たちの手によっていい感じに割れた骨付き肉も、ザルに入れて湯通しした後に鍋の中へ。

「で、二、三時間煮込んだらできあがりでしゅ」

「「「に、二、三時間⁉」」」

みんなが驚いて叫ぶ。でも本当は半日とか煮込むともっと美味しくなるんだけどね。

「あ、おひとりお鍋の前に立って、時々あく取りはしてくだしゃいね？　弱火でことこと、じっくりとでしゅ！」

呆然とする料理人のひとりにそう告げると、乾いた返事が返ってきた。

「……おい、俺が作ったアレはどこで使うんだよ？」

鍋の前の料理人を不憫《ふびん》そうに見つめながら、カイが私に囁《ささや》いてきた。

「あ、それは次のやつに使うんでしゅ」

次……？とみんなが胡乱な顔をした。

「はい！　次は、顆粒《かりゅう》こんそめを作りましゅ」

「「「カリューこんそめ……？」」」

次はいったいなにを言い出すんだ聖女様は……という顔をしているのが面白い。

「簡単に言うと、お湯を注ぐだけですーぷができる、簡易すーぷの素でしゅ。ほら、騎士さんたちの遠征にも持っていけるでしょぉ？」

あ……と騎士たちが目を見開く。そう、獣人国の騎士たちは、自国を守るために時には森や荒れ地での野営をすることがある。

「私をここまで連れてきてくだしゃった時に、こんな食事ですみましぇんって謝ってましたよね。これから寒い中の遠征もあるでしょうし、せめて温かいすーぷでもあれば、少しは元気が出るのかなと思って」

「「せ、聖女……いや、女神様……！」」

なんと、騎士たちが滂沱《ぼうだ》の涙を流し出した。

「え!?　ちょ、ちょっと皆しゃん!?」

「ま、まさか俺たちのための料理だったとは……！」

「俺、一生リーナ様についていきます！」

騎士たちが感激のあまりにとんでもないことを言い出した。いや、ちびっこ聖女についていくってなんだよ？と、カイが呆れた顔をしている。

「で？　俺の作ったやつをどう使うんだ？」

カイにとってはそちらの方が気になるらしい。うおぉ！と未だに涙が止まらない騎士たちはとりあえずそっとしておいて、材料を料理人たちに切ってもらうことにする。

「今度は燻製《くんせい》肉とじゃがいもも使うのか？」

「はい。今度のは骨が邪魔になるので。それと、顆粒を作るには、このじゃがいもが大切なんでしゅ」

顆粒作りには、先ほどと同じ玉ねぎ、ニンジン、セロリ、パセリの他に、ベーコン的な魔物の燻製肉と、じゃがいもを使う。

これらを簡単にひと口サイズにカットしてもらい、それらの材料の十五～二十％の量の塩と、水、コショウを一緒に、カイに作ってもらった容器の中に入れる。

「これはなんですか？」

「えーっと、前世では、みきさーと呼ばれていたものでしゅ」

興味深そうに覗き込んできたアレクさんに、小声でそう伝える。

そう、私はカイに〝なんちゃってミキサー〟を作ってもらったのだ。私の注文通り、丈夫な筒状の容器の中に、羽状の刃が回転するように作られている。

だが、ミキサーとはいうものの、この世界に電気という概念はもちろんない。なので、最終手段、魔石を使うことにする。

「この容器にこれをはめ込んで……あ、動きました！」

蓋をきっちり閉めてぱちりと魔石をはめ込むと、中の刃が動き出した。

うん、なかなかいい感じ。カイってば本当に天才！

ちなみにこの魔石は私が風の魔力を付与して作ったもの。神殿でも大量に作っていたので、これくらいは朝飯前というやつだ。

そうしてしばらくミキサーにかけると、中に入れた材料が細かくなり、どろっとした液体状になってきた。

「あとはこれを、フライパンで弱火にかけて乾燥させたら一応終わりでしゅ。焦がさないように、時々ヘラでかき混ぜたり潰したりしながら、弱火でじっくり、ぱらぱらの小さい粒になるまででしゅよ」

乾燥……？と料理人たちの目が再び胡乱なものになる。

「えっと、一時間半くらい、でしゅかね」

「「は、はーい……」」

がくりと項垂れる料理人たちに、騎士たちが立ち上がった。

「いや、この作業は俺たちがやろう」

「料理人は誰かひとりついてくれれば大丈夫だ」

「なんていったって、騎士団の女神・リーナ様が、俺たちのために考えてくださったものだからな！」

いつの間にか涙は止まっていたらしい。まぁ技術のいる作業なわけでもないし、指示役に料理人がひとりつけば、大丈夫だろう。ものすごくやる気に満ち溢《あふ》れていたため、こちらは騎士たちに任せることにした。

「じゃ、じゃあ他の方は、今のうちにスープの具を切っておきまちょうか。スープには燻製肉を入れても美味しいでしゅよ」

今度は普通に返事があり、ふうっとひと息つく。

「それにしても、かいの作った道具はばっちり大成功でしたね！」

「ああ、あんな風に使うモンだったんだな。魔石があれば、おまえがいなくても使えるってことだろ？　こりゃまた厨房から追加で注文がきそうだな」

「魔石、初めて見ましたがとても便利ですね。あれはどのくらい力が持つものなのですか？」

それぞれの作業が終わるまで、私とカイとアレクさんはミキサーの話に花を咲かせていた。

魔石を作るのはそんなに大変じゃないし、燃費も悪くないから、この厨房にいくつか置いてあっても便利かもね。

「……んで、なんでそこまで詳しいくせに、おまえは自分で料理しないんだ？　たしかにまだ小さいけど、あんだけ詳しいならできないってこともないだろ？」

その途中、カイがこんなことを言い出した。

「たしかにそうですね。屋敷の厨房でも、実際に料理しているという話は聞きませんし……」

アレクさんまで不思議そうに首を傾げてきた。

あまり言いたくなかったのだが、し、仕方ない……。

「そ、それは……。──から、でしゅ」

「あ？」

「すみません、聞こえなかったので、もう一度お願いできますか？」

情けなすぎて自然と小声になってしまったようで、ふたりから耳を寄せられてしまった。

「～～～っ、だから、獣人国のさいじゅは、私には合わないんでしゅ！」

半ばやけくそに大きな声を出す。

「調理台は高いし、包丁もふらいぱんもへらも、なにもかも獣人さいじゅで大きすぎなんでしゅ！　人間族用のものさえ、この小さい手で上手く扱えるかわからないのに、ひとまわり大っきくて重い道具を使いこなす自信がないんでしゅよ！」

言った。言ってやった。

恥ずかしさのあまり、真っ赤になってぷるぷる震えていると、ぶっ！とカイが吹き出した。

「た、たしかにな……。おまえみたいなちびには、無理だよな……」

……笑いを堪えても、バレバレなんだけど？　耳としっぽまでぶるぶる震えてるけど？

「な、なるほどそんな理由が……。あ、ですが、小型の獣人用のものもあるにはあるので、もしリーナ様がご希望されれば、すぐにご用意いたしますよ？　ふ、ふふっ」

アレクさんはなんとか平静を保って我慢していたようだが、最後に笑いが零れていた。

「も、いいでしゅ。おふたりはすーぷいらないらしいって、料理長さんに言ってきましゅね」

「あ、汚ねぇぞ！」

「も、申し訳ありませんリーナ様！」

うしろから謝ってくるふたりから顔を逸らしながら、私は頬を膨らませるのであった。


なんだかんだでコンソメスープが完成し、みんなで試食タイムとなった。ちなみにあの後私からお許しを得たカイとアレクさんの分もちゃんとある。

「う、美味い」

「すげえ、あのまるごと野菜と肉の骨を煮詰めると、こんな美味くなるのか……」

みんなからも好評のようで安心する。このコンソメスープがあれば、クリームシチューやロールキャベツなど色々な料理が作れることを伝えると、また次回ぜひ！と懇願された。

「顆粒の方は、油抜きのぺーぱーの上に置いたまま、一晩寝かせておいてくだしゃいね。煮沸消毒した瓶に詰めれば、二、三カ月ほど持つと思いましゅ」

騎士たちもかなり頑張ってくれたため、顆粒の方もかなりの量ができた。冬の間くらいなら持ちそうだし、活用してもらえるといいな。

「それにしても、以前リーナ様は簡単な料理しか教えられないと言っていましたが、これはかなり手が込んでいる料理なのではないですか？」

私の隣で食べていたアレクさんが早々と完食してスープ皿が綺麗になると、そんなことを聞いてきた。

「あ、それは……」

そう聞かれて、思い出す。前世、近所で畑をやっていたおばあちゃんにたくさん野菜のおすそ分けをいただいて、お母さんと一緒に一から作ってみよう！と思い立って、家で一番大きな鍋でコンソメスープをたくさん作ったことを。

おばあちゃんの家にも持っていって、その日の夕食にお父さんも一緒に、美味しいねって笑いながら食べたことも。

「……前世で、母が料理好きだったので、一緒に作ったことがあったんでしゅ」

両親を亡くして、働き出してからは忙しくて、こんな風に時間をかけて料理をしたことがなかったから、すっかり忘れていた、優しい思い出。こうやって、もう時々しか思い出せないことも多いけれど。

「そうでしたか……。では、母の味というやつですね」

アレクさんの言葉に、目を見開く。

母の味、かぁ……。

「はいっ！　とっても美味しくできて、よかったでしゅ！」

こんな機会がなかったら、アレクさんの言葉がなかったら、もう思い出すこともなかったかもしれない。

こうやって、優しい人たちに囲まれていなかったら、泣いてしまっていたかもしれない。

だから。

「ありがとうございましゅ、あれくしゃん」

日頃の感謝の気持ちを込めて、私は思い切り笑うのだった。

仲良し幼馴染って素敵でしゅよね

それから雪も深まり、獣人国は冬真っただ中、どこもかしこも雪景色となった。

コンソメスープはすっかり王城の人気メニューとなり、ミルクスープやトマトスープなど、アレンジスープも作ってもらっているが、そのどれも大変好評だ。

もちろんそれらには、越冬野菜が使われることもあり、野菜の甘みが十分感じられて美味しいと、リクハルドさんからもお褒めの言葉をいただいている。

「魔物討伐に出る騎士たちからも、野営で美味しいスープが飲めるのは最高だと評判です。騎士たちの士気も上がって、討伐の時間も短縮されたように感じますね」

アレクさんの言葉に、陛下も満足気に頷いた。

そう、今日もまた、例によって王城でお茶会という名の報告会が開かれている。……もう緊張はしなくなった。

だって陛下もリクハルドさんもアレクさんも、毎回まったりモードなんだもの。私ひとりが緊張しているのもなんだか馬鹿らしいではないか。

……まあ、私の前で気を抜いているのは、私のことをもう警戒していないし、ある程度信用してくれているということだから、嬉しくもあるのだが。

もぐもぐと今日のお菓子、フィナンシェを頬張る。うん、美味しい。王城の料理人たちの腕は確実に上がっている。

「今日の菓子も美味いな。最近は、聖女殿考案の料理のレシピを求めて、城下町からも王城に投書が来ているらしいぞ？　ぜひ教えていただきたいとな」

「え、あ、そうなんでしゅね。陛下たちがよろしければ、私は別に構いましぇんけど……」

美味しいものはみんなで共有するのがいいもんね。さすがに私に城下町で教えて回ってくれとは、言わないだろうし。

「はは、聖女殿は欲がないな。まあそこが良いところでもあるのだが」

陛下がそう言って笑う意味が、私にはちょっとわからない。レシピと引き換えになにか望んだりしないのかってこと？　実際に私が考えたわけでもないのに、そんなことできるはずもない。

「陛下、あまりそういうことはおっしゃらないでください。リーナ様は心の綺麗な方なのです。そういった悪だくみやずる賢い思考とは、無縁なのですよ」

またこのアレクさんは、いちいち発言が大袈裟である。それに悪だくみとかずる賢いって、陛下に対して失礼なのでは……。

「悪かったですね。ずる賢い思考で悪だくみばかりする私の前で、それは嫌味ですか？」

「別にリクハルドのこととは言っておりません。それに、あなたはそういう役目で、皆がそれで納得しているのですから、別に悪いことではないでしょう」

おお、珍しい喧嘩が勃発かと冷や冷やしたが、アレクさんの思考が良い人すぎて、喧嘩にもならなかった。

リクハルドさんも気まずいのか、はたまた良い人オーラに調子を崩されたのか、頬が引きつっている。

アレクさんは私のことを心が綺麗だとか言うけれど、アレクさんの方がよっぽど誠実で真っ直ぐな人だと思うのだけれど。

「リク、いちいちアレクに嫌味を言ってもこちらが馬鹿を見るだけだぞ。長い付き合いの中でよくわかっているだろうに」

「……そうでしたね、この実直くそ真面目を相手に、私が馬鹿でした」

笑い飛ばす陛下に、リクハルドさんも同意したため息をついた。どうやらふたりの中でもアレクさんはそういう印象らしい。長い付き合いって言っているし、幼馴染なのかな？　仲がよくて、楽しそう。

思わずくすくすと笑いが零れると、陛下がそれに気付いた。

「なんだ、聖女殿。楽しそうだな」

「いえ、しゅみましぇん。皆さん仲良しだなぁと思って」

そんな私の言葉に、陛下ははは！と笑い、リクハルドさんは照れたようにこほんと咳払いをした。

あ、リクハルドさんのしっぽがそわそわ揺れてる。綺麗な銀色のふわふわしっぽ、さ、触りたい……。

「？　リーナ様、リクハルドのしっぽがどうかしましたか？」

アレクさんが私がまじまじと見ていたのに気付いた。

ま、まずい。いや別にまずくはないかもだけど、こんなこと正直に話せるわけが……。

「聖女殿、嘘を言っても無駄だぞ。リクに見透かされてしまうからな」

陛下が言った通り、リクハルドさんがじっと私を見ていた。

そうだった、リクハルドさんは嘘を見破る特殊能力……いやスキルを持っているんだった。

そ、そんな人を相手に私のこの邪な願望を誤魔化せるわけが……。

気付けば、じーっと三対の目に見られている。し、仕方がない……。

「いえ、その、りくはるどしゃんのふわふわしっぽが、触ったら気持ちよさそうだなぁって、思って……」

そう白状しながら、変な汗が流れてきた。こうして言葉にすると、すごくおかしなことを言っているような気になる。

そうだよね、動物ならともかく、そしてミリアのように同性の友だちのような存在ならともかく、動物の血が濃いとはいえ、リクハルドさんはれっきとした成人男性の獣人。

こんなちびっこによしよしと撫でられたいと言われて、喜ぶわけが……「いいですよ」

「「え」」

思わず声が出てしまったのは私だけではなかったようで、陛下とアレクさんの声も重なった。

「ですから、別に触るくらいなら構いませんよ。減るものでもありませんし」

呆気にとられる私たちに対して、当のリクハルドさんは涼しい顔をしている。そして、ほらほらどうぞとしっぽをふりふりし出した。

「～～～っっ、しっ、失礼しましゅ！」

その誘惑に勝てなかった私は、リクハルドさんの席に近付き、しっぽに手を伸ばした。

触る前からわかる。間違いなく極上の毛並みだ。

おそるおそるそのしっぽに触れる。こ、これは……！

「さっ、最高級のしるくみたいな手触りでしゅぅ～!!」

思わず顔が蕩《とろ》ける。いやいや、本当にツヤっとしていてさらさらで、それでもってふわふわもふもふで、もう、言葉に言い表せないくらいに最高の手触りなのだ。

「ふっ、エヴァリーナ様、お顔が崩れていますよ。そんなに私のしっぽがお気に召しましたか？」

「はっ、はいぃぃ！　こんなの初めてでしゅぅ」

よほどみっともない顔をしていたのだろう、リクハルドさんにそんなことを言われてしまったが、そんなのどうでもよくなってしまうくらい、最高だった。

そんな私を陛下とアレクさんが微妙な顔をして見ているのに気付かないくらい、私はリクハルドさんのしっぽに夢中になっていたのだ。


「こほん。大変失礼いたしました……」

「いいえ、それだけ気に入っていただけたとは驚きでしたが、あなたの触り方は悪くありませんでしたからね。案外心地良かったですよ？」

リクハルドさんがストップを言わなかったので、十分、いや十二分に堪能させてもらってしまった。

陛下とアレクさんの視線に気付いた時には、けっこうな時間が経っていて、慌てて自分の席に戻ってきたのだが、我を忘れてしまったことを反省している。

「ははっ、まあそう落ち込まなくてもいい。それにしても、聖女殿は、本当に動物が好きなのだな」

「はいっ、もふもふに触れていると癒されましゅ！　ちなみに陛下のようなつやつやで毛並みの良い耳やしっぽも、かっこよくて綺麗で、素敵だと思いましゅ！」

私の失態を笑って許してくれた寛大な陛下に、まだ興奮の冷めきっていなかった私は、つい陛下の耳としっぽにまで言及してしまった。

「ほぉ、俺がかっこいいと思うか？」

「もちろんでしゅ！　しなやかで強くてかっこいいと思いましゅ！」

若干前のめりでそう答える。陛下は剣の腕前もかなりのもので、自ら戦地に赴くこともあるのだそう。〝俊足〟の持ち主でもあり、そのスピードについてこられる人間はいないし、獣人の中にもひと握りほどしかいないという話だ。

「そうかそうか、聖女殿は素直でいいな！　ほら、新しく茶を淹れてもらうから、菓子ももっと食え！」

陛下ほどの方も褒められると嬉しいのか、上機嫌でお菓子の皿を私の前へと置いてくれた。ちょっと子ども扱いされているような気はするが、まぁこれくらいならいいかとお礼を言ってお菓子を受け取る。

「おや、ひとり面白くなさそうな顔をしていますね？　アレクシス」

リクハルドさんの声にぱっとアレクさんを見ると、たしかに面白くないというか、寂しそうというか……。とにかくなにか言いたそうな顔をしていた。

「……そんなことはありません」

いや、そんなことないって顔してませんけど？

おそらく陛下とリクハルドさんも同じことを思ったのだろう、呆れた顔をしている。

「あーまぁな。おまえには耳もしっぽもねぇからな」

え、そこ？　そんなしょうもない理由のわけが……。

「黙っていてください、陛下。羨ましいなどと、これっぽっちも思っておりませんから！」

思ってたんだ。

恐ろしくわかりやすいアレクさんに、陛下は笑いをかみ殺し、リクハルドさんもからかってやろうという顔をしている。

「おやおや、陛下と私に嫉妬ですか？　たしかに獣化していないあなたには、エヴァリーナ様に愛でてもらえるものがありませんからね」

「ぶふっ！　おい、リク！　おまえそれは言いすぎだろ。ぶふっ！」

あーあー、ふたりにいじめっこのスイッチが入っちゃった。

こうしてお茶会を開くようになって、私はだんだんこの三人の関係が読めてきていた。私の考え通りなら、このふたりが悪ふざけをすると、アレクさんがかわいそうなことになる気がする。

「で、ですから！　私はそんなこと気にしていないと言っています！」

いやいや、気にしてるって顔に書いてありますよアレクさん。もうしゃべるとだんだん分が悪くなるだけの気がする。

「そうでしたか。ではエヴァリーナ様、私のしっぽに触りたくなったらいつでもお声がけください。アレクと毎日過ごしていても、もふもふのない彼では癒しにはならないでしょうからね」

「リ、リーナ様は私と一緒に過ごす時間を、楽しいと言ってくださっています！」

……どうしよう、これ、どうやって収拾つけるの？

リクハルドさんはもう完全にからかいモードだし、陛下は爆笑してるだけ。アレクさんが不憫でならない。

……男子って、楽しそうだなぁ……。

傍観者になりたい気持ちもあるが、さすがにアレクさんがかわいそうすぎる。空気を変えるのは私しかいないだろう。

「あ、え、えーっと！　そういえばあれくしゃんって、空が飛べるんでしたよね⁉」

急に声を上げた私に、三人がぴたりと動きを止めた。

よしよし、このまま話を変えよう。

「……はい。これでも赤鳶の獣人なので。〝飛行〟のスキルも持っておりますし」

かわいそうに、半ば涙目のアレクさんが子犬のような目で私に答えた。猛禽類はどこへ行ってしまったのか。

「私、あれくしゃんの羽、見たことないでしゅ！　見てみたいでしゅ！　ぜひ！」

無邪気におねだりする幼女を演じてみる。いや、実際見てみたいなとずっと思っていたし、嘘は言っていない。そのタイミングが今だってだけで。

「お、聖女殿はアレクの獣化を見たことがないのか？　せっかくだから、見せてやってはどうだ？」

　さすがにこのあたりでやめておこうと思ったのか、陛下も私に賛同してくれた。リクハルドさんも仕方ないないという顔をしている。

「あれくしゃん、お願いしましゅ。綺麗な羽、見たいでしゅ」

「そ、そうですか？」

　きらきらとした視線を送れば、アレクさんの顔に笑みが戻る。よし、あと少し！

「はい！　羽が生えたあれくしゃん、絶対かっこいいと思うので、見せてくだしゃい！」

「リーナ様がそこまでおっしゃるのなら……。たいしたものではありませんが、お見せいたしましょう」

　照れながら席を立ったアレクさんに、拍手を送る。

「さすがですエヴァリーナ様。アレクシスの扱いもお手の物ですね」

　リクハルドさんがぼそりとそんなことを呟いたが、聞こえないフリをしよう。そう、私は純粋にアレクさんの羽が見たいだけなのだから。

「少し部屋が狭くなりますが……。失礼します」

　その言葉の一拍のち、アレクさんの背中から大きな翼が広がった。

「う、わぁぁぁぁ……」

　赤褐色と白のコントラストが優美な、大きな翼。羽じゃない、翼だ。

思っていた以上に大きくて、一枚一枚が精巧な細工のように美しい。前世でも、赤鳶はその翼の美しさから、剥製にしようと乱獲が行われていたと本で読んだことがある。

「す、すぅぅぅっごく素敵でしゅっ！　かっ、かっこいい……‼」

お世辞でもなんでもなく、本当にそう思う。絶対にかっこいいに違いないと思ってはいたけれど、こうして実際に間近で見ると感動ものだ。

「そ、そうでしょうか……。リーナ様にそれほど喜んでいただけると、私も嬉しいです」

興奮し、すごいすごいと連呼する私に、アレクさんは照れながらも嬉しそうだ。イケメンの照れ顔（翼付き）、眼福です。

「ははっ、予想以上に大喜びだな。だがアレクのこの翼は、美しいだけではないのだぞ？　一緒に飛ばせてもらうと、それはもう気持ちがいい」

「へ、陛下は一緒に飛んだことがありゅのでしゅか⁉　う、羨ましいでしゅ……！」

「ああ、幼い頃から何度かな。なぁ、リク」

陛下がリクハルドさんに話を振る。するとリクハルドさんは、懐かしそうにふっと軽く笑った。

「ええ、そうですね。アレクシスの飛行能力は、戦場でも大いに活躍してくれますし、助けられたことも多々あります」

「そうだな、アレクには幾度となく助けられてきた」

おお、そうだよね。空からの奇襲攻撃はもちろん、偵察にも使えるし、移動だって早いはず。騎士として、何度も国を助けてきたのだろう。

「そうなんでしゅね。すごいでしゅ、あれくしゃん！」

「い、いえ。私などまだまだです……」

褒められ慣れていないはずがないだろうに、アレクさんは顔を真っ赤にしている。

先ほどとは打って変わって陛下もリクハルドさんもアレクさんを絶賛しているし、この三人はお互いにすごく信頼し合っているんだろうなってわかる。

「で、だ。聖女殿もどうだ？　飛んでみたくはないか？」

急に陛下の話の方向が変わる。もちろん勢いよく〝はい！〟と答えたいところだが、ここで素直にそう答えてよいものか。私の中のなにかが、迂闊《うかつ》に返事をするなと告げてくる。

「え、ええと」

「ああ、先ほども陛下のことを羨ましいとおっしゃっていましたからね。エヴァリーナ様なら陛下よりもお軽いですし、アレクシスにとってもたいしたことではないでしょう」

なぜかリクハルドさんもそれに追従してきた。こ、この顔は間違いない、なにかある。

「アレクシス、あなたならエヴァリーナ様を怖がらせることなく、そっと気遣いながら飛ぶことも可能ですね？」

「あ、ああ、もちろんだ。私なら、リーナ様を守りながら飛べる」

アレクさん⁉　そんなぺろっと肯定していいんですか⁉

「だ、そうですよ陛下。でしたら例の調査をお願いしても、問題ありませんね。早速エヴァリーナ様に概要をお伝えしないといけません」

「そうだな、快く了承してくれた聖女殿とアレクに感謝するぞ」

陛下とリクハルドさんが良い笑顔すぎるのが逆に怖い。調査ってなに？　これ、なにか裏があるやつなんじゃ……？

ひくりと頬を引きつらせている私に気付くと、陛下はにっこりと笑った。

「まぁそう難しく考えるな。散策がてら、ちょっと遠出するだけだ。それで、ある土地でアレクと一緒に飛んで、空からの景色を楽しんでもらおうと思っている。ああ、その際になにか気付いたことがあればすぐに教えてくれ！」

ぜ、絶対なにかあるやつー‼‼

「ちょ、ちょっと待ってください！　まさかそれって……」

「気付きましたか、アレクシス？　今回は陛下も私も同行しますからね。ほら、エヴァリーナ様はあなたがお守りするのですよ？」

なにかに気付いたらしいアレクさんの肩を、リクハルドさんがぽんと叩く。

「……あれくしゃん」

「はっ、はい！　リーナ様すみません、私が命に代えてもお守りいたしますので！」

どうやらこれはもう決定事項らしい。陛下だけでなく頭脳担当のリクハルドさんも一緒ということは、そこまで危険ではないかもしれないけれど、それだけ重要だという意味でもあるわけで。

できることはなんでもやるつもりではいたが、そこまで重要なことを任されても、必ず解決できる自信なんてない。

「わ、私、お力になれなかったらどぉしまちょぉ……。役立たずの烙印《らくいん》とか、押されちゃいましゅ……？」

「だ、大丈夫ですリーナ様！　そんなこといたしません！」

涙目になる私を、アレクさんは必死に宥めてくれたのだった。

ましゃか!?　私の本当の力って……!?

「え、今から行く荒れ地って、あそこなんでしゅか？」

「ああ、この国に来た時に見ただろう？　クロヴァーラ国との国境付近の、あの荒れ地だ」

ガラガラと揺れる馬車の中、私は陛下からこれから向かう場所について話を聞いていた。

あのお茶会の後、私は今回の旅の概要をリクハルドさんから聞いた。曰《いわ》く、〝数十年前から作物が育たなくなった、もうほったらかしにされている荒れ地に異変が起きたので、見てみてほしい〟とのことだった。

異変と言われても、私は土地とか建物とか作物に詳しいわけではないのだが。そう思って丁重にお断りしようと思ったのだが、よくよく話を聞いてみると、気になる言葉が出てきた。まぁでも下手に発言して期待されても困るので、そこはぐっと呑み込んだ。私だって学習くらいする。

とりあえず見てみるだけなら……と言って、こうして陛下たちと同じ馬車に乗り、その荒れ地にと向かっているところだ。

……そう、陛下と、馬車に同乗している。なんならリクハルドさんとアレクさんも一緒である。この狭い空間に、もう顔面偏差値がすごいことになっている。

私はもう一台の馬車がいいと言ったのだが、却下された。なにかあったら守る人がいないかとのことで。

ちなみにもう一台に誰が乗っているかというと、私のお世話係にミリア。まぁこれは特に驚きもない。だがもうひとり、今朝初めて知らされた人物が乗っている。

「おーい、いつまで難しい顔して乗ってんだ？　もうみんな降りて、アレクシス様がおまえ待ちしてるぞ」

呼ばれてはっと我に返る。するとカイが馬車の入り口から覗き込んでいた。そう、なにか私が閃《ひらめ》いた時のためにと、カイもこの旅に同行することになったのだ。

「あっ⁉　ご、ごめんなしゃい、考えごとをしていたら、ちゅぃ」

慌てて席から立ち上がる。どうやら一度休憩するようだ。

すると入り口のところでアレクさんが、苦笑いして待っていてくれた。もちろん、陛下たち大型の獣人用の、大型の馬車から私を降ろすために。

「よ、よろしくお願いしましゅ……」

「はい、承知いたしました」

ううう、これも久しぶりだから恥ずかしい。しかし当のアレクさん本人は涼しい顔をしているし、カイなんて視察の時は顔を真っ赤にしていたくせに、もうなにも気にしていない風だ。みんな順応早くない？

いつものように抱きかかえられて地面にそっと降ろされる。この動作ひとつだけでも、アレクさんは本当に優しくて、私が降りやすいようにと気を遣ってくれているのがわかる。

「ありがとうございまちた」

「いえ、相変わらずお軽いので、リーナ様にも羽が生えているのではと錯覚いたします」

も、もぉぉぉぉこの人はぁぁぁぁぁ！　なんでそうしれっと恥ずかしいこと言うかな！

外に出て寒いはずなのに、顔が熱い。吐く息なんて温度差がすごいのか真っ白だ。

それにすぐ隣にいたカイも、さすがにドン引きの表情だ。よくそんなこと言えますね⁉って顔をしている。

「おい、まだそんなところでモタモタしているのか？　ほら、早くこっちに来い」

「申し訳ありません。リーナ様、参りましょう」

平静なアレクさんの後について、陛下やリクハルドさんたちが待つところへと向かう。するといつの間にか側に来ていたミリアが、私にこっそりと囁いた。

「アレクシス様のあれは天然ですからねぇ。リーナ様も大変でした」

「本当に……油断大敵でしゅ……」

休憩時間の前に、どっと疲れてしまった。これならまだ馬車の中の方がマシだった。

「リーナ様、こちらにどうぞ」

アレクさんに案内され、やれやれと手ごろな石の上に腰を下ろす。雪を払って、布を敷いてくれているので座り心地は悪くない。

陛下とリクハルドさんはといえば、座る場所は用意されているものの、体が固まったのか立ったまま首をこきこきと左右に動かしている。

「はぁ、執務で慣れているとはいえ、やはりじっとしているのは性に合わんな。聖女殿、少し寒いが我慢してくれるか？」

「あ、だいじょぶでしゅ！　ありがとうございましゅ」

気遣ってくれる陛下にお礼を言う。馬車に乗っている時は話していたからあまり気付かなかったが、獣人も人間と一緒で、馬車にずっと乗っているのは辛いのだろうか。

「陛下。その、体、だいじょぶでしゅか？」

「ん？　ああ、まぁな。長時間馬に乗ってるのには慣れているから平気なのだが、馬車はまた違うからな。思うように体を動かせなくて体が固まってしまった」

ゴキゴキと陛下の首からすごい音が聞こえる。そっか、お尻が痛いわけではなかったのか。

そう言われてみれば、大きな馬車とはいえ、長身の男性が三人も乗っていたし、車内はけっこう狭くなる。ちびっこの私の隣に乗っていたアレクさんはともかく、陛下とリクハルドさんは隣り合って座っていたからあまり体を動かせなくて辛かったのかも。

「あの、もしよろしければ魔法で治しましょぉか？」

「ん？　あ、治せるのか？」

そう申し出てみると、陛下が驚いたようにそう返してきた。そういえば聖女……！とはっとしたのを私は見逃さなかった。

「……ガチガチに固まった体、ほぐすの得意でしゅよ？」

だって神殿にいた時にも、治療院でおじいちゃんおばあちゃんの肩こり腰痛も治してたし。酷い怪我や失った手足を戻してくれと言われても絶対に無理だが、それくらいなら私の微力な魔力でも治せる。

「そ、そうか！　ならばお言葉に甘えて治してもらおうか！　なぁリク！」

「そうですね、大変ありがたいです……」

どうやらリクハルドさんも体がバキバキ状態らしい。こめかみを押さえているし、ひょっとして首コリからの頭痛？

「では少し触りましゅね。楽にしていてくだしゃい」

そう言ってまず、座ってくれた陛下の背中に触れる。掌に魔力を集中させて……あれ？

「〝治療〟」

呪文を唱えると、銀色の光が陛下を包み込む。そしてしばらくすると光の粒子は消え、陛下ががばりと勢いよく立ち上がった。

「おお！　本当だ、体が軽くなったぞ！」

すごいなー！と陛下が私の頭を撫でた。どうやら体はしっかりほぐれたらしい。

「えと、じゃぁリクハルドさんも……」

先ほどの違和感は気のせいかしらと思いながら、リクハルドさんの背中に触れる。そして同じように掌に魔力を集中させて……あれ、やっぱり。

「〝治療〟」

同じようにリクハルドさんも銀色の光に包まれ、それが消えると、少し表情が明るくなった。

「これは……！　本当に聖女の力とは、素晴らしいですね。頭痛まで引いた気がします」

「だろ？　いや、聖女殿のおかげで昼メシが美味く食える。感謝するぜ」

「あ、えと、よかったでしゅ」

やっぱり頭痛もしてたんだなと思いながら、リクハルドさんの時にも感じた違和感に首を傾げる。久々に聖女の魔法を使ったからだろうか、以前と魔力の流れが変わったような。なんというか、強くなった気がするのだ。

たしかに魔力は、鍛錬を積めばある程度引き上げることができる。とはいえ、〝ある程度〟止まりだ。下級聖女の私が頑張ったところで、大して変わりはしないはず。それに鍛錬といえるだけのことも特にしていない。

「どうしました？　リーナ様のおかげでふたりとも調子良さそうですが……」

「あ、いえ。なんでもありましぇん」

私の様子を不審に思ったのか、アレクさんが覗き込んできた。

魔力がどうとかって話をされても困るだろうし、そんな気がするって程度のことだもの。気のせいかもしれないし、話すほどのことではないか。

そう判断した私は、そのまま元の石の上にちょんと座り、お昼をいただくことにした。

ありがたいことに、今回の旅の食事は、私が考案した料理を採用してもらえている。サンドイッチに温かいスープ。

雪は積もっているけれど天気は悪くないし、ふわふわの防寒具のおかげでそれほど寒くない。

こうしてみんなで、寒い中で温かい食事を摂るのも悪くない。いやむしろけっこう楽しいかも。

「うん美味い！　いやいや、聖女殿のおかげで遠征時も快適だな！」

「今までの遠征食に比べたら雲泥の差ですね。冬場に温かいスープが食べられるのもありがたいです」

陛下とリクハルドさんからの評判もいい。たしかにこんなことになるのなら、スープを提案しておいてよかった。

もぐもぐと温かい食事に感謝しながら頬張っていく。すると昼休憩後の、馬車の組み合わせについての話になった。

「陛下がどうしてもとおっしゃるのであの組み合わせになりましたが、エヴァリーナ様に迷惑をおかけするわけにはいきませんからね。陛下、大人しく我々はふたりで乗りましょう」

リクハルドさんが自分と陛下で一台使うから、アレクさんと私、それにミリアとカイの四人で一台を使うように提案してきた。たしかにそれなら、四人とはいえその中の三人が小柄なので、それほど窮屈にはならない。それに陛下とリクハルドさんも広々と乗れるし、アレクさんが私の護衛をしてくれるので問題ないはずだ。

「けっ、リクとふたりきりなんてクソ面白くねぇから嫌だったんだが、仕方ねぇ。聖女殿に何度も魔法を使わせるのも悪いからな」

陛下も渋々それに同意した。

私に気を遣ってくれたってことだよね。先ほども陛下は私が聖女ということを忘れていたような様子だったし、今回も聖女の魔法をできるだけ使わなくて済むようにと配慮してくれた。それってつまり、私の魔法をアテにしない、恩恵を受けるのが当然だと思っていないということだ。

……なんだろう、神殿にいた時は、みんなが当然のように私たちの力を利用していた。〝利用する〟なんて言い方は悪いかもしれないけれど。

「どうしました？　やはりご気分が優れませんか？」

アレクさんが心配そうにそう尋ねてきた。神殿にいた頃、力を使った後にこうやって体調を気遣ってもらったことなんてあっただろうか。

そしてそれは、前世でも。

『芹沢さんが来てくれて、ホント助かってるよな』

『ラッキーだろ？』

ペットショップの店長と小池さんの会話が、今でも鮮明に思い出される。

……でもここは、あのペットショップじゃない。そして神殿でも、もちろんない。

「無理しないでくださいね。馬車の中でも、お疲れの時は眠っていただいても大丈夫ですから」

そして、この人たちは、あの人たちじゃない。

目の前のアレクさんの優しい言葉は、私のことを心から気遣ってくれているのだとわかる。

「ふふっ、だいじょぶでしゅ。私、魔力はそんなにつぉくありましぇんが、魔力量は多いみたいなので。これくらいじゃ疲れたりしましぇんよ」

だから私も、心からの笑顔を返すことができるのだ。


出発から早二日。私たちは、国境付近の荒れ地の手前にある村へと到着した。そして村の宿屋をお借りし、最終確認を行っている。

「この村の先をしばらく行くと、問題の場所になる。今のところ危険はないが、近くまでは全員で向かい、聖女殿にはアレクとともに飛んで、空からその様子を見てもらいたいと思っている」

陛下の言葉に、私とアレクさんは頷く。アレクさんとともに飛ぶ、ってこういうことだったのね。

まあでも、私の予想が当たっていれば、そう危険はないと思っている。いや、むしろ……。

「では、しばらく休憩してから向かうぞ」

「はい」

村で一度水などの補給を行うとのことで、私たちはしばらく自由時間ということになった。

少し村の中を見て回りたいと申し出れば、構わないとのことだったので、アレクさんとカイ、そしてミリアとともに外に出る。すると、子どもたちが村の動物たちと雪遊びをしている光景が目に入った。

楽しそう。今日はお天気もいいし、雪遊び日和ね。

ここ数日はお天気が続いており、雪も心なしか少し解けたような気がする。春はまだ少し先だが、こんな日に日向ぼっこをするのって気持ちいいのよね。

今日はそれほど寒くないからか、外でも村人たちの姿をよく見かける。

「ねっ、ほら、すっごいかっこいいでしょ⁉」

ぴくっ。

「ほんとだ。あの小さい女の子を守ってるのかな？」

「あの紺色の髪の男の子も将来有望じゃない？　きっと大人になったらかっこよくなるわよ～」

「そうねぇ。でもやっぱりあの赤い髪の騎士様が素敵よ！　あーん私もあんな風に守られてみたーい」

きゃーっ！と黄色い声が響く。お、お姉さんたち、聞こえてますよ？

「王都から来たんだよね？　なにしに来たのかな？」

「さっき黒髪の人と銀髪の人も見かけたけど、すっごいかっこよかったよ」

おおぅ……。これはきっと陛下とリクハルドさんのことだよね？

アレクさんといい、陛下やリクハルドさんといい、それにカイまで。まぁみんなものすごく顔が整ってるもんね。国王陛下ご一行の視察だということは伏せてあるが、それにしたってみんなの容姿は目立ちすぎる。

こうなると下手に外に出ない方がよいかしらと思い直す。引き返そうかとうしろを振り向くと、なぜかアレクさんが険しい顔をして一点を見つめていた。

「あれくしゃん？　どうしました？」

そんな姿が珍しく、声をかけてみたのだが、アレクさんはすぐに私を見てなんでもありませんと笑った。

なんだったのだろうとアレクさんが見つめていた方に視線をやると、そこにはカイと同年代くらいの少年たちがいた。

少年たちと目が合う。すると、少年たちはまるで覗きがバレたかのように赤い顔をして慌て始めた。

「リーナ様。さ、進みましょう」

「ぐぇっ」

どうしたのかと首を傾げていると、アレクさんにくいっと首の方向を変えられてしまった。なんだかよくわからないけれど、たしかにさっと回って宿屋に戻った方がいいかも。

そう思い、少年たちを振り返ることなく歩き進んでいく。するとカイがぼそりと呟いた。

「まぁこいつ、見た目は美少女だからな。変なことに巻き込まれないよう、アレクシス様が牽《けん》制《せい》しておくのも大事だ。──ってことだよな」

「んん？　なにか言いましたか、かい」

「いや、なんでもねぇよ。それよりほら、見てみろよ」

ぼそぼそとひとりごとを言うカイが指をさした方を見ると、窓の奥、一軒の家の中で、お母さんと子どもらしき獣人が、水瓶に水を入れていた。そう、その水瓶は、カイたちと作った濾過装置だ。

「すげぇ量を作らされたから大変だったけど、ああやって実際に使われてるところを見ると、なんか感動だな。本当に俺たちが作った物が、国中に広まったんだなって。なんつーか、誇らしいっていうかさ」

カイが笑う。その笑みの奥にあるのは、達成感とか、充実感とか、そういうものだろう。自分が努力したこと、頑張ってきたことが、こうやって結果として見えるのって、すごく嬉しいことだと思う。

「……うん、そうでしゅね。かいががんばったおかげで、美味しい水が飲めるって笑顔になった人は、たくさんいると思いましゅよ」

その気持ちを大切にしたくて、そう答える。そうやって自分に自信を持つのって、大事なことだから。

「……おい、嫌味かよ。そもそもあれはおまえの発案だし、水の浄化だっておまえの魔力を付与した布がねぇとできないことだろうが」

「え、いや、まぁ、それはそうなんでしゅけど……」

しまった。そういわれてみれば、嫌味に取られかねない発言だったかもしれない。ど、どうしよう、なんて言えばいいのか。誤解だって言って、わかってもらえるかしら。

「ぷっ、そんな顔すんなよ。冗談だって」

あわあわしていると、カイが吹き出して笑った。

「おまえ、そーいう嫌味とかわかんなそうだし。純粋に褒めてくれてんだって、わかってるって」

悪戯な顔をするカイに、むーっと口を尖《とが》らせる。まさかこんな小学生くらいの少年に弄ばれるとは。

「はぁ、カイはイタズラ坊主ですねぇ。リーナ様、こんな奴、褒めなくてもいいんですよ？」

「うるせーミリア！　誰が坊主だ誰が！」

慌てる私を見かねて、ミリアが庇ってくれた。ふふ、こうして見ると、このふたりも姉弟みたいね。

「さて、じゃれ合いはその辺で終わりにして、そろそろ戻りましょうか。少し体を温めてから出発した方がいいですしね」

わいわいと騒ぐ私たちを見守ってくれていたアレクさんのひと声で、宿屋に戻ることにする。その道すがらでも、アレクさんに見惚れる女性たちがたくさんいて、イケメンって本当にすごいなぁと感心させられたのだった。

＊　＊　＊

（本当に、目の離せない方だ）

宿屋へと向かう道中、アレクシスは心の中でそっとため息をついた。先ほどの少年たちの、エヴァリーナに向ける視線が原因である。

もちろんその視線は、エヴァリーナの愛らしい容姿に見惚れた、ただそれだけのものだとアレクシスも理解している。声をかけてみようとか、なんとかして仲良くなりたいとか、そんな不埒《ふらち》な考えは少年たちからは見えなかった。

それでもなぜか、アレクシスは自然と険しい顔をしてしまったのだ。

アレクシスは、昔から小さいものが好きだった。

幼い子どもを素直にかわいいと思うし、小動物はもちろん、うさぎやリスなどの小柄な獣人がぴこぴこと動く姿に、頬を緩めたりすることもあった。

面倒見もよく、城下町で助けたリクハルドのことも、献身的に手当てをしたり面倒を見たりした。王太子として忙しいエルネスティに代わって、リクハルドに王城での様々なことを教えたのは、アレクシスだ。

だからだろうか、年下の子どもの面倒を見る機会も多く、カイのように多くの少年少女たちがアレクシスに懐いた。

そんなアレクシスは、エヴァリーナに対して初めて会った時から好印象を抱いていたし、一緒に過ごすようになって、その一生懸命な姿を微笑ましく思うことも多々あった。

だが最近、アレクシスは、今までにないもやもやした気持ちを感じていた。

例えば、先ほどの村の少年たちだ。かわいらしいエヴァリーナに頬を染める彼らに、自然とアレクシスの眉間に皺が寄った。

他にも、身近で気心の知れた存在であるはずのリクハルドに、むっとしたこともあった。前世の話を聞いた後、リクハルドは料理をきっかけにエヴァリーナと打ち解けた。ふたりが互いに少しずつ心を開いていく姿に、アレクシスはなんとなく寂しい気持ちになった。

しかもそれは、リクハルドだけでなく、侍女のミリアやカイがエヴァリーナと仲良く戯れている姿を見る時にも、時々感じることがあった。

今までは、面倒を見てきた子どもたちに、そんな嫉妬のような感情を抱くことはなかった。新しい友だちができればよかったなと声をかけ、少しずつ自立していく姿に喜びを感じていた。

それなのに、エヴァリーナに対してだけ、なぜ――。

「あれくしゃん？」

くいっと袖を引っ張られ、アレクシスははっとした。視線を下げれば、エヴァリーナが心配そうにアレクシスを見上げていた。

「どうかしましたか？　さっきからぼぉっとして……」

眉を下げて自分を真っ直ぐに見つめるエヴァリーナに、アレクシスはにっこりと笑った。

「すみません、昼食に食べたほっとどっぐが美味しかったなぁと、思い返していました。リーナ様が教えてくださる料理は本当にどれも美味しいので、今度はどんな料理を提案してくださるのだろうかと考えていたら、ぼんやりしてしまいましたね」

我ながら下手な嘘だなとアレクシスは思ったが、エヴァリーナの反応は予想外のものだった。

「……なんか、あれくしゃん、どんどんリクハルドにしゃんに似てきました……？」

胡乱な目で見られてしまい、アレクシスは苦笑する。

「かも、しれませんね。すみません、一応護衛なのですから、ぼおっとしないように気を付けます」

こほんと咳払いをしてアレクシスが迂闊《うかつ》な発言を悔いていると、エヴァリーナがふるふると首を振った。

「謝らなくても、だいじょぶでしゅよ？　その、皆しゃんに料理を喜んでもらえるのは、私も嬉しいでしゅから。えへへ、今度は、あれくしゃんの好きそうなお肉の料理を教えましゅね」

無邪気な笑みを零すエヴァリーナに、先ほどまで感じていたもやもやが、アレクシスの胸からすっと消えていく。

「――ありがとうございます、リーナ様。楽しみにしています」

（この気持ちは、かわいらしいリーナ様を守りたいという、父性的なものからだろう。――少々過保護であることは自覚しているが）

まるで自分にそう言い聞かせるような心中を綺麗に隠し、アレクシスはエヴァリーナにそう笑顔で返すのだった。

＊　＊　＊

そして宿屋で温かいお茶を一杯いただいたのち、私たちは村を出発した。小一時間ほど馬車で揺られていると、そろそろですねとのアレクさんの言葉通り、馬車がゆっくりと止まった。

そして馬車から降りると、別の馬車から降りてきた陛下が、私とアレクさんのところにやってきた。

「聖女殿、この先になる。事前に伝えていた通り、水が湧いて雪が解けているはずだから、すぐにわかるだろう。報告によると、地面のひび割れもあるとのことだから、念のために降り立つことはしないように気を付けてくれ。ではアレク、頼んだぞ」

「はい」

アレクさんは陛下の言葉に返事をすると、指笛を吹き、クリスを呼び出した。

「クリス、付近に危険はなかったか？」

『ああ、主殿。たしかに地割れや水が湧いているのは確認できたが、特に危険な様子はなかった。それと、周囲の空や地上に魔物の姿はなかった』

どうやらクリスは一足先に偵察をしてきてくれたようだ。一応聖女の私を危険な目に遭わせるわけにはいかないということらしい。

「そうか、ご苦労だったな」

そう言ってクリスを労うと、アレクさんは獣化し、その大きな翼を広げた。

うん、やっぱりすごくかっこいい。それにクリスもその肩に乗ると、相乗効果でかっこよさが倍になる気がする。絵になるってこういうことなのね。

ほえーっと見惚れていると、アレクさんに手を差し出されて我に返る。

おっといけない。さあ、いよいよ今から一緒に飛ぶのね。うう、どきどきするけど、楽しみ！

わくわくしながらその手を取る。……ん？　そういえば、一緒に飛ぶって、私はどんな体勢をすればいいのだろう。

今さらながらそんなことに悩んでいると、頭上でアレクさんがくすくすと笑っていた。

「失礼します、リーナ様」

「え、あ、きゃぁっ！」

背中に腕を回されたかと思うと、一瞬で私の体がひょいと抱きかかえられた。

こ、これは……！　まさかもしやのお姫様抱っこ⁉

「できるだけ負担の少ないように飛びますが、怖かったり不快に思うことがあれば、すぐにおっしゃってください。それではしっかり掴まっていてくださいね」

「ひゃ、ひゃぃっ」

掴まるってどこに⁉　胸元⁉　あっ、洋服を掴んでればいっか！

ぐっとアレクさんの胸元の服を握りしめる。

よ、よし。すごいアレクさんの顔が近いし温かいしなんかいい匂いするけど、そこは無で！

なにも感じるな考えるな私！

「お、お願いしましゅ」

平静を装ってそうお願いする。できるだけ外側を向いて、アレクさんの近すぎる顔を見ないように。

「……いえ、掴むのはそこではなく……。失礼します」

「ひゃぁっ⁉」

なんとアレクさんは、胸元を掴んでいた私の手を移動させ、自分の首に絡みつけた。つまり、私がアレクさんの首に手を回すような形にしたのだ。

「あ、あれくしゃん、これはさすがに……！」

「すみません、こうしないと危ないですから。もっとしっかり掴まっていてください」

当の本人に真顔でそう言われてしまえば、まるで恥ずかしがっている私がおかしいみたいではないか。

離れたところでそれを見ていた陛下が、どうでもいいからさっさとしろー！と叫んでいる。

くっ、し、仕方ない……。

「はい。ちゃんと掴まりましたので、お願いしましゅ」

同行している他の騎士たちからも見られているのに、これ以上騒ぐわけにもいかない。

私の中身が大人だと知らないみんなからしたら、アレクさんがちびっこを抱きかかえて飛ぼうとしているだけだ。なにをぐずぐずしているのかと不思議に思われてしまう。

「では、参りましょう」

羞恥心を封印した私がしっかりと掴まったのを確認して、アレクさんがぐっと足に力を込め、ゆっくりと飛び上がった。

「わぁ！　しゅごいでしゅ！」

大きく開かれた翼を羽ばたかせ、浮上していく。すぐに陛下たちが小さくなってしまった。

「怖くはないですか？」

「はい、だいじょぶでしゅ！　ちょっと寒いでしゅけど、気持ちいいでしゅ！」

でもたしかに風もあるし、ちゃんと掴まっていないと危ない。ここは大人しく、言われた通りに首に手を回した態勢のままでいよう。

ぐっと腕に力を込めると、ふっとアレクさんが笑った気配がした。

「では、地面が割れて水が噴き出ている現場まで進みます。そうしてちゃんと掴まっていてくださいね」

アレクさんはそう言うと、そのままの高度で緩やかに進んでいく。

先日、この荒れ地の付近で地震が発生した。といってもそれほど震度は大きくなかったようで、先ほどの村でも、ちょっと揺れたね～くらいだったそうだ。おそらく王都も揺れたのだろうが、震度一とか二とか、揺れに気付かないくらいだったのだと思う。

獣人国ではその程度の地震はよくあるとのことで、本当に日本に近い環境なのだなと思う。

話は少し逸れたが、とにかくその地震の後、荒れ地の雪が解けてしゃばしゃばの状態になっているのが、先ほどの村の獣人によって発見された。なぜその付近だけかと不審に思い確認に行くと、軽い地割れとそこから水が湧いているのが見つかった。

特にそれ以外に不審な点は見つからなかったが、やはり地震の後に発生したということで、不安に思う村人も多く、王都に報告がいったのだという。

「あ、あそこでしゅね。雪がじんわりと解けてましゅ」

その付近の真上までくると、雪が完全に解けている中央部に、それほど大きくはないがたしかに地面が割れているのが見えた。

「あれくしゃん、少し高度を落としてくれましゅか？　近くで見たいので」

「わかりました」

急降下しないように、アレクさんはゆっくりと下へと降りてくれた。前世でジェットコースターが苦手だった私だが、アレクさんの気遣いのおかげで全然怖くない。

そうして地面の近くまで降りてもらうと、たしかに水が湧き出ていた。そこをじっと見つめると、湯気っぽいものが出ているのがわかる。

「ちょっと魔法を使ってみてもいいでしゅか？　小さいでしゅけど、火が出ましゅので、驚かないでくだしゃいね」

「わかりました」

魔力を集中させて〝炎《フレイム》〟と唱えれば、掌の上に小さな火が出た。アレクさんにお願いして、湯気に触れるくらいまで少し降下してもらい、その火を湯気にかざす。

揺らぎはないし、変な反応もない。なにかおかしなガスが発生しているわけではなさそうだ。

ぐっと手を握って火を消す。そしてそのまま手を湧き水へと伸ばす。

「リーナ様⁉」

「だいじょぶでしゅ」

湯気の感じからして火傷するほどの高温ではないはずだと踏んだ私は、そっと湧き水に触れた。うん、ちょうどいい加減。

「あれくしゃん」

その温かさに、私はアレクさんににっこりと微笑みかける。

「これ、たぶん温泉でしゅ！」

「お、オンセン？　なんですかそれは……っつ⁉」

不思議そうにアレクさんが首を傾げたかと思うと、その表情が一瞬にして豹変する。

どうしたのだろうと思った瞬間、真下の地面から、なにかが勢いよく飛び出てきた。

「くっ！　リーナ様、しっかり掴まっていてください！」

「きゃぁっ！」

聞いたことのない厳しい声を出したアレクさんは、なにがなにやらわからない私をぐっと抱きかかえて急浮上した。その勢いに思わず目をぎゅっと閉じると、真下で重いものが落ちたような、ドスンという大きな音がした。

　急浮上していた体が止まり、おそるおそる目を開くと、地上から巨大な赤いミミズのような魔物が、こちらを見上げていた。

「な、なんでしゅかあれ……」

「デスワームか。厄介なヤツがいたな……」

　まさかこんなところで魔物に遭遇するなんて。荒れ地は見通しがいいし、魔物の姿が見られないから付近にはいないだろうと油断していた。

『リーナ様、主殿！　ご無事ですか⁉』

　するとそこに、焦ったクリスが飛んできた。くるりと私たちの周りを一回転すると、私の顔を覗き込んで、怪我がないか確認してくれた。私が大丈夫だと伝えると、クリスは安心したようにほっと息を吐いた。

『主殿は……っ⁉』

「気にするな、かすり傷だ」

　クリスとアレクさんの会話を聞いて、ぎょっとする。かすり傷って……さっき、私を庇って⁉

「け、怪我したんでしゅか⁉」

　アレクさんをよく見ると、私を抱えてくれている腕に血が滲《にじ》んでいた。先ほど魔物が飛び出してきた時に、私を庇って負った傷だろう。

「少しかすっただけですから、心配しないでください。それよりもクリス、あのデスワームをなんとかしないといけないな」

『はい。主殿と同行している騎士たちに加え、今回は陛下までいらっしゃるので、それほど苦戦しないかと。今、こちらに向かっております』

「よし。ならばまずリーナ様を安全な場所までお連れして、戦闘に入る。おまえはここであいつの注意を引きつけておいてくれ」

『承知いたしました』

自分の怪我のことなどそっちのけで、アレクさんはクリスとともに次々と決めていく。

かすっただけだって言ってるけど、本当に大丈夫なのかな……？　でも、特に痛がっている感じもないし……。

「ではリーナ様。一旦ミリアたちのところに戻ります。護衛の騎士も側につかせますので、ご安心ください」

「あ、はい！　わかりました」

この状況であれこれ聞くのは迷惑だろう。戦闘の役に立てない私にできることは、取り乱したりせず、大人しく言うことを聞くことだけ。

なんて無力なのか。そうは思うけれど、未熟な私にできることは他にないのだから、ここはぐっと我慢だ。

「少しスピードを出します。しっかり掴まっていてください」

言われた通り、先ほどよりもぎゅっと首元に掴まると、アレクさんはすぐに翼を羽ばたかせ、先ほどとは比べようがないスピードで飛んだ。

ピリピリと冷たい風が頬を刺し、思わず目を瞑《つぶ》る。でも怖くはない、アレクさんを信じているから。

「お待たせしました、目を開けても大丈夫です」

「リーナ様！」

アレクさんの言葉にそっと目を開けると、静かに降下していった。地上でミリアとカイ、リクハルドさんと護衛の騎士たちが待っていてくれて、アレクさんの腕の中から降りた私をミリアが支えてくれた。

「後は頼むぞ」

アレクさんはそう言うと、すぐに飛び立ちものすごい速さでデスワームの方へと行ってしまった。

「大丈夫ですよ、リーナ様。アレクシス様はお強いですから」

「ああ、アレクシス様は騎士団内でも一、二を争う強さだからな」

「獣人は戦闘に長けておりますし、陛下と他の騎士たちも向かいましたから、ご安心ください」

ミリア、カイ、リクハルドさんと、みんながそう言って私を安心させようとしてくれた。みんな特別焦った様子もないし、急襲とはいえ、魔物との戦闘に不安はないのだろう。

でも、なんだろうこの嫌な感じは。みんなが大丈夫だって言ってくれて、心配ないってわかっているのに、不安な気持ちが消えない。

ぱっとアレクさんが向かった方へと視線をやると、デスワームとの戦闘真っただ中だ。かなり距離があるし、土埃《つちぼこり》も立っているため詳しくは見えないが、苦戦している感じではない。

それなのに、どうして……。

胸のじくじくとした不快感に、眉を顰める。たぶん魔物は倒せる。それは間違いない。でも。

「……あの、りくはるどしゃん、あのですわーむって、どんな魔物なんでしゅか？」

リクハルドさんを見上げてそう尋ねると、そうですねと少し考えてからリクハルドさんは口を開いた。

「ミミズの魔物なので、地中からの不意を突いた先制攻撃を得意としています。戦闘中もああして時折地面に潜るので、少々厄介ですね。それと、デスワームという名前の通り、毒性が強いので攻撃を受けないように注意が必要です。ですが、それほど速さがあるわけではないので、スピード自慢の獣人族の騎士たちが相手ならば、特に問題はありません」

「え……!?　こ、攻撃に毒性があるんでしゅか!?」

焦る私に、リクハルドさんが目を見開く。

「ええ、まあ。ですが、心配は……」「あれくしゃん、怪我をしてるんでしゅ！」

リクハルドさんの声に被せて、私はそう叫んだ。

「最初に魔物が地面から出てきた時に、私を庇って……。かすり傷だからだいじょぶって言ってましたけど、でも……」

かたかたと震える両手を、ぎゅっと握りしめる。

毒って、早急に対応しないとどんどん体に回ってしまうもののはず。それなら、今戦っているアレクさんは……。

「お、おい！　今の話が本当なら、アレクシス様は……」

「早く解毒しないと、まずいんじゃないですか⁉」

カイとミリアも焦っている。いえ……と考え込むリクハルドさんはまだ冷静なように見えるが、その眉間には皺が寄っている。

「すべての攻撃に毒性があるわけではないのです。毒性があるのは、牙の何本かと、体内から出る粘り気のある体液のみだと……。ですから、毒に侵されていない場合もあります。もしくは、かすり傷程度だったのもあり、はじめは毒性を感じなかったのかもしれません」

毒性のある攻撃でなかったのなら、それでいい。杞憂《きゆう》だったねで済むから。でも、嫌な予感というものは大抵当たるものなのだ。

握りしめた両手に、額を押し付ける。お願い、何事もありませんように。そう祈ることしか、私にはできない。

「あ！　魔物を倒したみたいです！　こっちに戻って……あれ？」

カイの声に、私はぱっと顔を上げた。すると魔物が倒れたところから、なにかがこちらに飛んできているのが見える。

アレクさんとクリスだろうか、そう思って見つめていたのだが、違う。だんだんと近付いてきて、くっきりと姿が見えるようになってきた。

——違う、あれは、クリスと……。

「あれくしゃんです！　別の鳥型の騎士さんたちに担がれて、クリスと一緒にこちらに向かってきていましゅ！」

じわりと涙が目に滲む。ああ、やっぱり。

「宰相殿、申し訳ありません！　隊長が……」

「ああ、状況はわかっている！　ここに降ろせ！　治療するぞ！」

すぐに私たちのところまでアレクさんを運んできてくれた騎士ふたりが、その体を地面に降ろす。

ミリアとカイが地面に布を敷いてくれて、そこにアレクさんを横たわらせた。

顔色が悪い。それに冷や汗をかいている。間違いなく、毒の症状だろう。

先ほど傷を負った腕を出すと、傷口が変色してぐじゅぐじゅになっている。

『たぶん、途中までは本当に毒の症状に気付かなかったのだと思います。主殿はそんな考えなしではありませんから』

クリスが心配そうにしながら、私にそう教えてくれた。そうだよね、陛下も他の騎士もいたし、あの魔物はアレクさんが無理をしないといけないほどの相手ではなかったはず。それに、アレクさんの異変に長年一緒にいるクリスが気付かないわけがない。

「くっ、かなり進行していますね。応急処置でどうにかなりそうに思えません」

リクハルドさんが顔を顰める。

嘘、そんな、まさか。

「わ、私の、せいでしゅ。あれくしゃん、私を庇って……」

ずっと我慢していた涙が、堰《せき》を切ったように流れ落ちる。あの時、上空から見るだけにしておけば。無防備に地面に近付いてほしいなんて言わなければ。そんな後悔が押し寄せてくる。

結局、私は役立たずのままだ。前世でも、今世でも。

頑張りたいって張り切っても、結局はひとりよがり。その上、大切な人を巻き込んでしまうなんて、最低だ。

ゴン！

「おい、誰がおまえのせいだなんて言ったよ」

その時、カイが私の頭をグーで叩いた。

予想外の衝撃に、驚いて目をぱちくりとさせると、ミリアもそうですよ！と声を上げる。

「リーナ様のせいだなんて、アレクシス様だって思っているはずがありません！」

「かい、みりあ……。で、でも、あれくしゃんが……」

そうしている間も、アレクさんの顔色がどんどん悪くなっていく。先ほどまでは青かった顔が、今度は白くなっていっている。

そうこうしているうちに、陛下もこちらにやってきた。

陛下がリクハルドさんとなにか話しているけれど、声が遠くてよく聞き取れない。バタバタと騎士たちも騒いでいるし、アレクさんを連れてきてくれた騎士がどこかへ飛んでいったのも見えたけれど、なにをしているのかわからない。

どうしたらいいかわからない。なにも考えられない。——なにもできない自分が、情けない。

聖女なのに。私のちっぽけな癒やしの力じゃあ、こんな酷い毒を解除することはできない。

私にもっと、上級聖女のような力があれば——。

そう、ぐっと唇を噛み締めた時。

『リーナ様。お願いです、主殿のために、聖女の力を使ってはいただけませんか？』

私を落ち着かせるような静かな声で、クリスがそっと囁いてきた。

「くり、しゅ……。だめなんでしゅ。たしかに解毒魔法は使えましゅけど、こんな強い毒は、私の力じゃ治せなくて」

転生して身動きが取れるようになってから、本ばかり読んで勉強してきたため、魔法はある程度の種類使える。でも、下級聖女の私の魔力じゃ、大きな怪我は治せないし、強いものは解毒できない。

「つ、使ったとしても、気休めにしか、たぶん、ならなくて……」

そう話しながら、ぼろぼろとまた涙が零れる。治療院で、自分の無力さに歯がゆい思いをしていた頃から、私はなにも変わっていない。

「私なんかじゃ、あれくしゃんを助けられな……『私なんか、じゃありませんよ、リーナ様』

弱音を吐く私の頭を、クリスが羽でそっと撫でた。

『あなたは、とても強くて、優しい心の持ち主だ。聖女という特別な存在でありながら、我々のような動物や獣人たちのことも、偏見の目で見ず、対等に、敬意を持って接してくれている』

強くなんてない。優しくありたいとは思うけれど、ひとりよがりでこうして迷惑をかけてばかりだ。

ふるふると首を振ると、クリスはこつんと嘴で私の頬をつついた。

『あなたのその謙虚で優しい心は、きっと力になる。大丈夫、あなたのその力は、きっと主殿を癒やすことができる。お願いです、主殿に、魔法を』

その優しくて力強い言葉に、顔を上げる。できる自信はないけれど、このままなにもやらないよりは、できる限りのことをやった方がいい。そう思った。

「聖女殿、大丈夫か？　なにやらクリスと話していたようだが……」

少しだけ落ち着きを取り戻すと、陛下の声もちゃんと聞こえるようになった。陛下が私の前にしゃがんで、大丈夫かと覗き込んでいる。

陛下だけじゃない、カイもミリアもリクハルドさんも、私を心配そうに見つめている。

「わ、私、治せるかどうか、わかりましぇんけど、魔法を使ってみたいと思いましゅ。くりしゅが、きっと大丈夫だからって、言ってくれて。私なんかの力じゃ、無理だとは思うんでしゅけど、でも」

でも、できることはやりたい。

アレクさんは、この国に来て不安だった私に、最初に優しく接してくれた。いつも側にいて、私が安心できるような言葉をかけてくれて、笑いかけてくれた、大切な人。

「た、助けたい。あれくしゃんが苦しんでいるのに、なにもしないわけには、いかないでしゅ……！」

そう声を上げると、目を見開いた陛下は、その後にふっと笑った。

「──ああ、俺からも頼む。気休めでもなんでもいい。アレクに、できる限りのことをしてやってくれ」

そして、私の震える両手をぎゅっと包み込んでくれた。冷たい両手に、陛下の温かさが伝わってくる。

「私からも、お願いいたします。アレクシスを想ってそう言ってくださるあなたを、誰も責めたりはしない。どうか」

陛下のうしろから、リクハルドさんもそう言ってくれた。そのうしろに控えているカイやミリア、騎士たちも頷く。

みんなからの後押しを受けて、ぐっと涙を拭う。泣いている場合じゃない。

横たわるアレクさんを見つめ、その頬に触れる。冷たい。それに、息も浅い。

——どうか。ちっぽけな私に、大切な人を助ける力を。

そう祈るように目を瞑り、傷のあるアレクさんの腕に掌をかざし、魔力を集中させる。すると、掌に集まる魔力がいつもより多いことに気付く。

それに、熱い。きらきらとした銀色の光の粒子も、いつもよりも密度が濃い。

——こんなことが、前にもあった。あの時は、たしか……。

『大丈夫です、リーナ様。私の予想が正しければ、あなたの力は——』

クリスの呟きが聞こえる。

ああ、そうだ。神殿の裏庭に迷い込んできた、怪我をしたクリスを助けた時。あの時も、こうやって。

「〝解毒《アンチドート》〟」

目を開き、ありったけの魔力を放出させる。お願い、どうか。そう、思いを込めて。

ぽろりと涙が零れると、光の粒子の輝きが増していく。まるで星屑《ほしくず》がアレクさんの傷を癒やすように。

そうして変色が広がっていた腕の色が少しずつ戻り、傷が綺麗に塞がると、光の粒子が消えていった。

あたりが鎮まりかえる。私にできることはやった。

「あ、あれくしゃん……」

おそるおそる声をかけて頬に触れる。先ほどまでとは違う、顔に赤みが差している。——それに、温かい。

「……泣いているのです、か?」

いつもの穏やかな優しい声が、ずっと閉じたままだった唇から発せられる。

ぼろぼろと涙が零れる。でもこれは、悲しい涙じゃない。

ゆっくりと腕が上がり、その大きな手が、私の涙を拭った。もう泣かないでというかのように。

「——ありがとうございます、聖女、エヴァリーナ様」

「あ、あれくしゃん、よ、よかった、でしゅ……!」

うわーん!と、人目もはばからずにまるで子どものように泣きじゃくる私を、びっくりして飛び起きたアレクさんが、焦りながらも抱き締めてくれたのだった。

エピローグ

「はぁぁぁ、最高だな、オンセン」

「ええ、日頃の疲れが取れていくようです」

「陛下、リクハルド、すっかり満喫しておりますね。ですが、たしかにこれは気持ちよくてクセになります……」

壁一枚隔てた向こうから、陛下とリクハルドさん、そしてアレクさんの気の抜けた声が聞こえる。

「えーと、みなしゃん、準備ができたので、かいに持っていってもらっていいでしゅか？」

「「「ぜひ」」」

聞こえるかしらと思いながら上げた声に、即答された。そのことに苦笑しながら、カイにお酒を乗せたお盆を渡す。

「はい、お持たせしました。なんか、長湯したり飲みすぎたりすると危険だから気を付けてくださいねって、あいつが言ってました」

「おっ、待ってました！」

喜びの声を上げたのは、陛下だな。たしかにお酒好きそうだもんね。

「くっっっそ美味いな！　これが最高か……！」

「ふむ、たしかに風情があっていいですね。美酒がいっそう美味しく感じられます」

「たしか、ユキミザケというそうですよ。景色を楽しみながらの酒というのも、情緒がありますね」

見えないけれど、楽しんでくれているのが聞こえてくる声だけでわかる。前世でもほとんどお酒を飲まなかった私にはそのよさがわからないが、温泉で雪見酒って冬の日本特有の文化だし、きっと好きな獣人も多いんじゃないかなって思ったのだけれど、ビンゴだったみたいね。

「えっと、本当に長湯はしないでくだしゃいね！　さっき言っていた温泉卵、用意して待ってましゅからねー！」

露天の三人にそう声をかけて移動する。お酒を運んでくれたカイも後からついてきてくれた。

「ちっ、俺も酒が飲めたらよかったんだけどな」

どうやら雪見酒を楽しむ陛下たちが羨ましかったらしい。まあね、子どもってお酒みたいに大人だけのものに憧れるものだもんね。

「あはは、もうちょっと大人になってからでしゅね」

「おまえにそんなこと言われたくねーよ！　俺よりチビのくせに！」

つい、そう笑ってしまったのだが、カイに怒られてしまった。未だに自分がちびっこであることを忘れてしまう私、馬鹿かもしれない。

あのデスワームとの戦闘から、三日が経った。アレクさんはすっかり元気になり、ああして温泉を楽しむくらいに元通りだ。

そう、温泉。地震の後に湧き出たという水をもう一度調べたのだが、やはり温泉だった。そしてこの荒れ地は、あのデスワームに色々と影響を受けていたらしい。

どうやらあのデスワームは数十年前からここに住み続けていたようで、その毒性のある体が土地に影響を及ぼしたせいで作物が育たなくなっていたのだという。

元々デスワームはそうそう地上に出てこない魔物で、発現率もかなり低い。しかし先日の地震で刺激を受け、ああして姿を現したのだとか。

温泉にも影響がと心配したが、どうやら温泉はデスワームが潜んでいたところよりももっと深い地中から湧き上がってきたものらしく、毒性はなかった。

それどころか先日の戦闘のおかげで温泉に適した大きな穴が開き、こうして数日で入浴できる簡単な施設を作ることができた。

まあそれは獣人のパワーによるものも大きいけれど。人間が作業するよりも、数倍早い。あっという間に穴を整え、石で囲みしっかりと温泉の形にし、小屋のようなものまで建ててしまった。

騎士なのに大工仕事……？と思いはしたが、黙っていた。人間、いや獣人だけど、なんでもできるに越したことはない。

『リーナ様。主殿から、色々と用意してくれてありがとうございますとお礼を預かりました』

「あ、くりしゅ。もう王都から戻ったんでしゅか？　お疲れしゃまでした。ふふ、あれくしゃんの伝言まで、ありがとうございましゅ」

滞在の延長を王都に知らせに行ってくれたクリスの頭を、撫でて労う。あの時、私を信じて魔法を使えと言ってくれたクリスには、本当に感謝の気持ちでいっぱいだ。

どうやらクリスは、神殿で私に助けられた時からずっと、私の力に疑問を持っていたらしい。あの時の傷、私は見た目ほど酷くなかったのかな？と思っていたのだが、実は本当に酷い傷で、致命傷と言っていいほどのものだったようだ。

私の魔力が低いのは、間違いない。でも、それだけではないのだと、クリスは言った。

『動物の言葉がわかるように、もしかしたらリーナ様は対動物において、ものすごい力を発揮するのかもしれません。動物に特化していると言いましょうか』

そう言われてみれば……と思い当たることがいくつもあった。クリスの傷を治したこと、アレクさんの解毒、それに、道中に陛下やリクハルドさんに使った〝治療〟の魔法も、効きがよすぎる気がした。

ビアードの擦り傷やカイの切り傷を治した時は、元々が小さな傷だったから、治るのが当たり前で気付かなかったけれど。

その後、他の獣人騎士たちにも試したけれど、たしかにどの魔法も効果は強かった。聖女認定時の水晶での判定で下級聖女ということになったが、大きく考えれば人間も動物だよね？と考えると、もしかしたら人間相手の癒やしの魔法効果も高いのかも。

そういえば治療院でも「エヴァリーナ様の魔法は腰痛にとても効きます～」と言われたことがある。まぁそれは獣人国にいるとなかなか実証が難しいのでどうとも言えないが、とりあえず生き物を癒やす力には長けているってことでいいのかな？

「あ、リーナ様、戻ってきた。これ！　オンセンタマゴ！　すっっっっごく美味しいですぅぅぅ」

簡易部屋に入ると、目をきらきらとさせたミリアに出迎えられた。ひとつ味見しておいてと言っておいたのだが、この剥かれた殻の数を見ると、どうやらひとつでは終わらなかったようだ。

「み、みりあ……。あの、陛下たちの分もちゃんと残しておいてくだしゃいね？」

「はっ！　そ、そうですよね！　まさか、もうすぐいらっしゃいます？　す、すぐに片付けますー！」

あわあわと片付けを始めたミリアに、ぷっと笑いが零れる。

そしてそんなミリアを、カイが仕方ねぇなという表情で見ていた。

「……よかったらかいも、後で温泉に入ってみたらどうでしゅか？　お酒はだめでしゅけど、炭酸じゅーしゅならつくれましゅよ？」

なんとここの温泉、天然の炭酸泉だった。これがあれば果汁と合わせて炭酸ジュースが作れるというわけだ。

「タンサン？　なんだそれ、美味いのか？」

おっ、カイが興味を持ってくれたみたい。ならばぜひ、ここは期待に応えたいところである。

「うーん、しゅわしゅわってして、じゅわーって感じで、美味しいでしゅよ？」

あえて擬音を使って表現してみる。日本語には擬音語が多彩に使用されており、日本人は古くから言葉の美しさを感じることができる民族だと言われていたっけ。

「しゅわしゅわ……？　じゅわー？　なんだそれ、飲んでみたいぞ！」

思った通り、カイの好奇心を上手くくすぐったみたいだ。ふふ、本当にかわいいなぁ。

「じゃあ、後で作ってみましゅ。さ、とりあえず温泉卵の準備をしましょぉ」

ミリアとカイと一緒に準備を済ませたところに、ちょうど陛下たちがやってきた。

ほかほかと温まって、ほろ酔いの陛下は見るからに上機嫌だ。リクハルドさんもすっきりとした顔をしている。

「とてもいい湯加減でした。リーナ様、色々と準備、ありがとうございます」

相変わらずの眩しい笑顔、アレクさんは真っ先に私のところに来てお礼を言ってくれる。

うーん、先日毒から助けた後から、ものすごくきらきらした目で見られている気がするんだよね。

「おいおい、過保護を通り越して崇拝までいきそうな勢いだな」

「当然です。命の恩人ですから」

茶化そうとする陛下にも、真面目にそう答えている。そしてそんなアレクさんに、陛下は頬を引きつらせた。

「まあ、しばらくは仕方ありませんよ。アレクシスだけでなく、あの時その場にいた他の騎士たちも同様に、エヴァリーナ様を聖女様だ女神様だ天使だと崇め奉り始めましたからね」

冷静なリクハルドさんに、私も苦笑いする。

まぁしばらく経てば、そんな過剰に持ち上げるようなことはなくなると思うけれど。

「リーナ様ー！　タンサン?ジュースって、どうやって作るんですか？　カイが待ってますけど」

「あ、今行きましゅ！　すみません、ちょっと行ってきましゅね」

陛下たちに温泉卵と冷たい水を用意して、その場を離れる。

陛下たちが上がったら騎士たちも入るって言ってたし、みんなの分も作ってあげよう。さすがに職務中にお酒は渡しにくいから、雪見酒はまた今度ね。

ぱたぱたと走る私の背中を、アレクさんたちが優しい目で見送っていたのには気付かず、ミリアの元へと向かうのだった。

＊＊＊

「――聖女殿、大人気となってしまったな」

「まぁ当然でしょうね。エヴァリーナ様が我が国に来て、たった数カ月でこれだけの功績を上げたのですから」

エヴァリーナが用意していった温泉卵をひと口食べて、リクハルドは目を見開いた。ただの卵がこんなに美味しくなるとは……！と感動している。

エルネスティとアレクシスも温泉卵を口に運び、破顔した。相変わらず聖女殿の提案する料理は美味いと、上機嫌になる。

「ですが懸念もあります。おそらく獣人国でのエヴァリーナ様の活躍は、国境を越えてクロヴァーラ国に伝わるでしょう」

「まあ、どこの国にもスパイはいるものだからな。俺たちもクリスを送っていたし、人のことは言えん」

エルネスティが、かたんと食べ終わったスプーンを置く。そして眉根を寄せて考え込んだ。

エヴァリーナが獣人国で改革してきたことは、すでに伝わっている可能性がある。とすると、おそらく向こうからなにかアクションがあるはずだ。

「……聖女の返還を、と言われるやもしれませんね」

「ははっ、都合のよいことだ。――虫唾が走る」

リクハルドの言葉に、エルネスティが覇気を纏《まと》った。ピリピリと肌を刺すような感覚に、リクハルドは冷や汗をかく。

「まあ、書状を取り交わしておりますので、下手な真似はできないはずです。……エヴァリーナ様が帰還を望めば、話は別ですが」

ぽつりと零したリクハルドの呟きに、エルネスティの覇気も鎮まる。そして、沈黙が落ちた。

「そう、だな。俺たちが決めることではない。だが、俺は決めている。聖女殿が帰還を望まず、この国でいつまでも暮らしたいと言ってくれるなら、人間国を相手に、どこまでも彼女を守ると」

自国の国民扱いをすると発言した時に、エルネスティは腹を括っていた。エヴァリーナの過去を聞き、前世の話を聞いて、せめてこの国にいる間は、自分たちが守ってやろうと。

「……先ほどからずっと黙ったままですが、あなたはどうお考えですか、アレクシス？　ちなみに私は、元々考えていた、〝我々三人の中の誰かと聖女の婚姻〟について、まだ諦めてはいないのですが」

そうにやりと笑うリクハルドに、アレクシスははっと息を呑んだ。

「ま、聖女殿はまだ五歳だからな。中身が成人とはいえ、少なくとも十年は先の話になるけどな。あ、俺は遠慮しておくぞ。聖女殿はかわいらしいが、妹のようだとしか思えんからな！

それに妃を迎えるのは早い方がよいだろうし。……そういえば、聖女殿は、俺たち獣人族の寿命について知っているのか？　リクかアレクがその気なら、そのうち俺が不自然にならないように教えてやってもいいぞ？」

獣人族の寿命。

実は人間族に比べて、エルフ族と獣人族は長命である。人間族の平均的な寿命が約八十歳なのに対して、獣人族は約百二十歳、エルフ族など五百歳はゆうに超える。

そして獣人族は青年期が長い。つまり十年後、十五歳になるエヴァリーナは、この三人の相手として隣に並んでも、なんらおかしくはないのだ。

「おふたりにその気がないというのなら、私は別に構いませんよ。彼女を妻に迎え入れれば、毎日美味しい食事がいただけそうですしね」

満更でもない表情のリクハルドに、無意識にアレクシスの眉間に皺ができる。その顔を見れば、エルネスティとリクハルドには、アレクシスがどう思っているかなど手に取るようにわかった。

さあ、どうする？という視線のふたりに、アレクシスはようやく口を開いた。

「私、は……」

俯いたままぽつぽつと思いを口にしていくアレクシスに、エルネスティとリクハルドは思わず苦笑いしたのだった。

＊　＊　＊

「リーナ様、お持ちします」

「あれくしゃん。あ、ありがとうございましゅ」

カイと騎士たちのための炭酸ジュースが乗ったお盆を、ひょいとアレクさんが持ってくれた。

そうして並んで露天風呂の方へと運ぶ。

「滞在がずいぶん延びてしまいましたが、お疲れではないですか？」

「あはは、正直、夜はばたんきゅーでしゅけど。でも、楽しいでしゅ。みんな、喜んでくれましゅし」

自分になにができるんだろうって考えて、一生懸命やってみて、みんなが喜んでくれるのはすごく嬉しい。誰かと一緒に頑張るってことが、こんなに充実した気持ちになるんだって、この国に来てすごく感じている。

「――リーナ様は、なぜあの時、泣いていたのですか？」

不意打ちでアレクさんにそんなことを聞かれて、目を丸くする。

ええと、あの時って、アレクさんが毒で倒れていた時のことだよね？

「そりゃそうでしゅよ！　あれくしゃんは、私にとって、すごく大切な人なんでしゅから！」

「大切、ですか？」

どうしてそんなに驚いた顔をするのだろう。私、別に変なこと言ってないよね。

「当たり前でしゅ。いつもこうやって側にいてくれて、私のことを認めてくれて、嬉しい言葉をたくさんかけてくれて、守ってくれて……。私が今、こうやって頑張れているのは、あれくしゃんのおかげでしゅ。大恩人でしゅよ！　そんな人のこと、大切に思わないわけ、ないじゃないでしゅか！」

当然だろうと主張すると、アレクさんは目を見開いていたが、すぐに嬉しそうに笑った。

「……そうですね。私も、リーナ様のことを大切に思っております」

「ありがとうございましゅ」

ちょっと照れくさいけれど、こういうのも嬉しいな。……相手がいなくなってからじゃあ、遅いのだから。後悔しないように、相手を想う気持ちは、伝えられる時にちゃんと伝えておいた方がいい。

前世の両親のことを思い出す。ミウと一緒に、今の私を見ていてくれているだろうか。それに、ビアードやメリィ、神殿のお姉さん聖女たちも、元気かな。

ふっと窓から空を見上げる。またいつか、みんなに会えるといいな。

「……あなたが、そう言って私を必要としてくださっている間は、どうかお側にいさせてくださいね」

「え？　ごめんなしゃい、あれくしゃん、なにか言いましたか？」

私が外を向いている間に何事かを呟いたのは聞こえたのだが、その内容まではわからなかった。

「いいえ？　なんでもありません。さあ、ここから先は私が騎士たちのところに運びましょう。リーナ様はここでお待ちください」

にっこりと笑って私の分のお盆も取られてしまっては、もう聞き返せない。

「あ、ありがとうございましゅ。よろしくお願いしましゅ」

なんだったのだろうと首を傾げながら、私は脱衣所の前でアレクさんを見送るのだった。

『私、は。この先十年後、リーナ様への気持ちがどうなっているかなど、今の私にはわかりません。もしかしたら、この気持ちがもっと膨らむこともあるかもしれないし、そうならない可能性もある。ですが、リーナ様が望む限りはお側にいたいし、あの方を守りたい。その気持ちが変わることはないと、そう思っています。ですから、私など必要ないと言われないように、この先ずっとお側にいられるように、もっと努力せねばなりませんね』

アレクさんが、陛下とリクハルドさんの前でそんな話をしていたなんて、まったく知らなかったから。

＊　＊　＊

——この後、荒れ地に突如として湧き出た温泉は、体によく美味しいものも食べられると獣人国内ですぐに評判になり、早急にきちんとした施設が建てられることになる。

デスワームの影響で荒れていた土地にも少しずつ緑が戻り、景観もよくなっていき、数年後には温泉街も興ることになる。

また、この後もエヴァリーナは国中の視察を続け、多くの獣人たちの声に耳を傾け、時には前世の知識で、時には聖女としての力で、またある時にはその素直さと優しさで、獣人たちの心を溶かしていくことになる。

周囲の獣人の力を借りながら、エヴァリーナは一つひとつ改革を進め、獣人国の国民たちの不便さを減らしていった。その結果、獣人国の暮らしは、季節の移り替わりの美しさを感じながらも、安心・安全さを重要視するものへと変化していく。

柔軟な考えを持つ国王の下で、聖女エヴァリーナはのびのびとその才覚を発揮し、獣人国に豊かな恵みをもたらしていったのだ。

そうして数年後、獣人国は人間国とエルフ国、両国からも一目置かれるようになる。

それから——。
生贄のように人間国から差し出されたひとりの下級聖女は、獣人国の発展に欠かせない人物としてはもちろん、ただの〝エヴァリーナ〟という存在としても、獣人国中の皆から愛される存在となっていく。
そして、その愛らしくひたむきな姿の隣にはいつも、穏やかな表情でエヴァリーナを見つめる、燃えるような赤髪の騎士が寄り添っていたという――。

fin

あとがき

本作をお手に取ってくださり、ありがとうございます。沙夜です。

今回のヒロインは、もふもふ動物が大好きなちびっこ聖女です！　作者も動物はけっこう好きな方で、リーナみたいに色んな動物たちと仲良くなれたら楽しいだろうなぁと思いながら、楽しく書かせていただきました。

前世のシーンでミウという猫が出てきましたが、実は私が幼い頃に飼っていた猫をモデルにしております。もうおばあちゃん猫だったので、動きも鈍いしあまり鳴いたりしなかったのですが、いつの間にか側にいて癒やしてくれる、そんな存在でした。

少しずつ元気がなくなって、死んでしまった時はすごく悲しかったことを思い出しながら書いていました。ミウが里奈とリーナを見守ってくれているように、私のことも空から見ていてくれているかなぁなんて思ったりしています。

さて、いつか登場させてみたいなと思っていた〝獣人〟を、今回初めて書かせていただきました。耳があったりしっぽが生えていたり、私もリーナみたいにもふもふさせてもらいたい！

と思いながら色んなシーンを書いていました。リクハルドのふわふわしっぽが特に！　たぶんリーナみたいにだらしない顔になっちゃう気がします（笑）
そんな動物大好きヒロイン、そしてイケメン獣人たちを素敵に描いて下さった、こよいみつき先生には感謝の気持ちでいっぱいです。どの子もイメージぴったりで、動物たちのきゅるきゅるお目めに癒やされました。ありがとうございました。
また、担当者様をはじめ、本作の刊行に携わってくださった編集部の皆様、本当にありがとうございました。

前世で里奈が耐えていたように、ひとりで頑張ることが必要な時もありますが、やっぱり側にいてくれる人と力を合わせる、支え合うって嬉しいことですよね。誰かと喜びを分かち合えたり、辛い時に話を聞いて励まし合ったり。そうやって日々を大切に過ごしていけたら、それはとても素敵なことだと思います。それが人でも、動物でも、相手を尊重することを忘れないようにしたいなと、この作品を書き終えて改めて思いました。
最後になりましたが、最後まで読んで下さった読者の皆様に、最大級の感謝を。ありがとうございました。

沙夜《さよ》

ちみっこ転生幼女の異世界もふもふ付き新生活
～聖女チート&ときどき前世知識で、左遷先の獣人国が気づけば大発展!?～

2025年5月5日　初版第１刷発行

著　者　沙夜

発行人　菊地修一

発行所　スターツ出版株式会社

〒104-0031　東京都中央区京橋1-3-1　八重洲口大栄ビル７F
TEL　03-6202-0386（出版マーケティンググループ）
TEL　050-5538-5679（書店様向けご注文専用ダイヤル）
URL　https://starts-pub.jp/

印刷所　株式会社ＤＮＰ出版プロダクツ

ISBN　978-4-8137-9449-3　C0093　Printed in Japan

[沙夜先生へのファンレター宛先]
〒104-0031　東京都中央区京橋1-3-1　八重洲口大栄ビル７F
スターツ出版(株)　書籍編集部気付　沙夜先生